# Tatort: Bornheim

*Der Spargelkönig*

# Rhein Sieg-Kreis Krimi

# *Bornheim*

*Der Spargelkönig*

*Der zweite Fall von Kommissarin Thekla Sommer*
© **Kersten Wächtler**

Bibliografische Information der Deutschen Nationalbibliothek:

Die Deutsche Nationalbibliothek verzeichnet diese Publikation in der

Deutschen Nationalbibliografie; detaillierte Daten sind im Internet über

http://dnb.dnb.de

abrufbar

1. Auflage

erschienen im Juli 2019

Herstellung und Verlag: BoD – Books on Demand, Norderstedt

ISBN : 9783746088976

Alle Personen und Tathergänge sind frei erfunden. Ähnlichkeiten mit lebenden oder toten Personen sind rein zufällig

## Erstes Kapitel

Eigentlich war alles wie immer.

Der Ehemann, Friedrich Schirmer, ein führendes Mitglied der >Chefetage< eines mittelständigen Unternehmens in Bonn, hatte gegen 06:45 Uhr das Haus verlassen, um seiner verwalterischen Tätigkeit im Bereich der Transportlogistik nachzugehen.
Der Sohn Max und die Tochter Lena waren nach ihrer morgendlichen Trödelparade im Badezimmer und dem darauffolgendem Gemeckere, was es denn heute wieder zum Frühstück gäbe und womit die Schulbrote möglichst nicht zu belegen wären, bereit, das Haus zu verlassen. Einzig noch das, bereits als Ritual anzusehende Küsschen von der Mama, beim Verlassen des Hauses, fehlte noch.
»Passt gut auf Euch auf und kommt gesund wieder«, rief sie den Beiden nach, als sie die Straße zur Haltestelle, an der Straße >Im Benden< in Alfter, hinuntergingen. Familie Schirmer bewohnte hier, in der Fürst-Franz-Joseph-Straße, im >Unterdorf<, ein Einfamilienhaus, welches Friedrich von seinen Eltern geerbt hatte. Es waren, hier und da, einige

Schönheitsreparaturen notwendig gewesen. Neue Heizung, neuer Dachstuhl und Ziegel, sowie das Streichen der Fassade, hatte schon fast alle Ersparnisse aufgebraucht. Das Erbe der Eltern sollte jedoch erhalten bleiben und später dann auch an die Kinder weitergegeben werden.

Der Schulbus hielt glücklicherweise nur etwa einhundert Meter vom Haus der Schirmers entfernt. Von hier aus fuhren sie dann nach Bornheim, in die >Europaschule<. Die Mutter winkte beiden nach.

Ute Schirmer machte nun dass, was sie eigentlich jeden Tag machte, seitdem sie mit der jüngsten, ihrer Lena, schwanger war. Sie hatte damals kräftig zugenommen, aber sie hatte sich auch nach der Entbindung angewöhnt, jeden Morgen einige Kilometer zu laufen. So nahm sie auch heute ihren Labrador >Bruno< an die Leine, und lief los. Von Alfter aus, >In den Benden< startend, über den >Kölner Pfad<, einen Wirtschaftsweg, quer durch Blumen- und Obstfelder, in Richtung Bornheim-Roisdorf. Hier lief sie noch ein Stück über die Friedrichstraße, dann links in die Siegesstraße, bevor sie dann wieder links, über einen kleinen, aber asphaltierten, Fußweg, namens >Auf der Lüste<, zurück bis nach Alfter lief. Dieser schmale Weg >Auf der Lüste< verlief durch einen kleinen Park, parallel dem Roisdorf-Bornheimer-Bach und der S-Bahn Strecke der Linie 18, von Bonn nach Köln. Das war täglich eine Strecke von circa viereinhalb Kilometer, aber durch den täglichen Rhythmus zur Gewohnheit geworden, was man der Figur aber auch ansah. Als sie durch das kleine, dichtbewachsene Wäldchen lief, das sich an ein Grundstück anschloss, auf dem sich ein großes Seniorenheim befand, stutzte sie etwas. War da hinten auf der Bank, an dem asphaltierten Weg, über den sie laufen musste, ein Mensch, in nach hinten angelehnter Haltung sitzend? Vorsichtshalber nahm sie Bruno etwas kürzer an die Leine. Normalerweise lief er ruhig und brav immer neben ihr her, da er die Ausläufe gewohnt war. Diesmal jedoch bemerkte Ute, wie der Labrador, bereits etwa fünfzig Meter von der Bank entfernt, unruhig wurde. Je näher sie kamen, je mehr fing er an zu tänzeln und hielt den Kopf sehr aufmerksam in Richtung des Mannes, der da saß. Der Mann saß ganz regungslos und hatte den Kopf in den Nacken gelegt. Als sie in Höhe der Bank war, sah Ute, dass der Mann mit weit geöffneten Augen in die Baumkronen, über ihm, schaute. Ute lief vorbei, aber irgendetwas in ihr sagte:

»Bleib stehen, - sprich ihn an. Vielleicht braucht er Hilfe«.

Der Mann brauchte keine Hilfe mehr, - denn er war

tot.

Thekla genoss die Zeit mit ihrer langjährigen Freundin. Sie kannten sich noch aus der Schulzeit, waren auf demselben Gymnasium, hatten gemeinsam Abitur gemacht und sich seitdem nicht mehr aus den Augen verloren. Sylvia wohnte in einem kleinen, zu Bonn gehörenden, Vorort der Bundesstadt. Eigentlich hatten die zwei es sich zur Gewohnheit gemacht, einmal im Monat gemeinsam die Seele baumeln zu lassen und einige Stunden in der Saunalandschaft, an der Bonner Kennedybrücke, gegenüber der Oper, zu verbringen.

In dem fünfgeschossigen Bürohaus war eine exzellente und sehr großzügig angelegte Saunalandschaft, die sich über drei Etagen, auf etwa dreitausend Quadratmeter, zuzüglich einer übergroßen Dachterrasse, hinzog. Hier waren sechs verschiedene Saunierarten und das Benutzen eines Swimmingpools möglich. Ebenfalls war ein gemütlicher Gastronomiebereich, der zwischen den Saunagängen zum Relaxen einlud, vorhanden. Die Tageskarte für neunundzwanzig Euro war für dieses Erlebnis, einmal pro Monat, nicht zu teuer.

Nach etwa dreieinhalb Stunden der Erholung

hatten die zwei genug und beschlossen, >beim Griechen< nebenan, etwas essen zu gehen. Es störte Thekla nicht, dass Sylvia ihr unter der Gemeinschaftsdusche den Rücken einseifte, obwohl sie wusste, das Sylvia bereits seit der Gymnasialzeit, Frauen attraktiver fand, als Männer. Ihr späteres Outing, als lesbisch, nach einer kurzen Eheepisode, war für Thekla damals auch nur die logische Konsequenz. Jedenfalls bemerkte Thekla schon, dass Sylvia ihr beim Waschen des Rückens, einmal mehr als nötig gewesen wäre, über ihren, durch stetes sportliches Training, straffen Hintern gestrichen hatte. Etwas amüsiert, aber auch als sehr angenehm empfindend, musste Thekla, diesen Moment unkommentiert lassend, grinsen.

Als Thekla dann ihrerseits den Rücken ihrer Freundin abseifte und abspülte, meinte diese:

»Ich glaube ich muss demnächst mit Spülmittel duschen«.

»Wieso mit Spülmittel?«, fragte Thekla ganz erstaunt?«

»Na, - da steht doch immer auf der Flasche«, sie zeigte auf die Rückseite einer imaginären Flasche, »hilft selbst bei hartnäckigem Fett«.

Beide Frauen prusteten los vor Lachen. So war die Freundschaft eben zwischen den Beiden, -

einfach herzerfrischend. Lachen erfrischt das Herz und das Gemüt.

Als beide dann an ihren Umkleideschrank gingen, um die Kleidung wieder anzuziehen, sah Thekla auf ihr Handy.

»Oh nein, - drei Anrufe in Abwesenheit. Alle drei aus dem Polizeipräsidium. Ich hab mir doch extra ein paar Tage Urlaub genommen, um ungestört mal was für mich zu machen«.

Ihr inzwischen sechzehnjähriger Sohn David war vor einiger Zeit, gegen ihren Willen, von zu Hause ausgezogen, um bei seinem Vater, Bernd Lay, in Siegburg-Kaldauen, zu wohnen. Es ging ihm wohl insgeheim darum, näher an seiner Flamme, Jana Kaminski, der fünfzehnjährigen Tochter von Bernds neuer Freundin, Eva Kaminski, zu wohnen. Wegen Doris hatte Bernd die langjährige Beziehung mit Thekla, welche nicht durch eine Ehe besiegelt wurde, seinerzeit beendet.

»Also ehrlich«, meinte Thekla, zu Sylvia gewandt, «ich möchte doch so gerne noch mit Dir essen gehen«. Thekla zog eine Schnute wie ein dreijähriges Mädchen, das noch Schokopudding, vor dem Schlafengehen haben möchte, obwohl Mutter es verboten hat.

»Nun ruf doch mal zurück«, ermutigte Sylvia.

»vielleicht wollen die ja nur eine Kleinigkeit fragen«.

Als sie sich nun angezogen hatten und das Saunaparadies verlassen hatten, zückte Thekla, auf dem Weg etwas essen zu wollen, das Handy.

Vor dem Eingang zum Restaurant drückte Thekla, etwas resigniert in Richtung Sylvia schauend, die Rückruftaste.

»Polizeipräsidium Siegburg, Alfred Bollenkamp«, hörte Thekla ihren Vorgesetzten sagen.

»Hallo Fred, - Thekla hier, - ich habe Urlaub«.

»Ach Thekla, - ja also, - entschuldige bitte, - ich weiß ja, dass Du den überfälligen Erholungsurlaub hast. Hier ist die Hölle los. Zwei Kollegen sind erkrankt, vier sind in andere Ermittlungen eingebunden, - ich brauch Dich hier ganz dringend«.

»Was gibt es denn so Dringendes, - wenn nicht ein Todesfall?

»Eben, - so ist es! Vor etwa vierzig Minuten kam die Meldung der Schutzpolizei in Bornheim. Todesfall eines Zweiundachtzigjährigen«.

»Ja,- das kann aber in dem Alter schon mal vorkommen, dass man verstirbt«.

»Thekla, - bitte, - keine Witze«, konstatierte

Bollenstein.

»Ist ja gut. Wieso die Mordkommission?«

»Unklare Todesursache. Fremdverschulden nicht ausgeschlossen. Da lagen zwar leere Tablettenblister und eine Flasche Wasser, - aber der Rollator des Mannes lag zwanzig Meter entfernt im Roisdorf-Bornheimer Bach, zwischen Bäumen und Gestrüpp. Ohne dieses Hilfsgerät hätte der alte Mann diese Strecke aber niemals gehen können«.

»OK,- ich fahre dahin. Wann wurde die Leiche gefunden?«

»Heute Morgen, - von einer Joggerin mit Hund. Danke Thekla, Du hilfst mir sehr. Du hast was gut bei mir«.

»Bei Gelegenheit erinnere ich Dich daran. Gib mir die Adresse«.

»Bornheim-Roisdorf, Auf der Lüste, zwischen Siegesstrasse und Brunnenallee. Dort kommst du aber nicht mit dem Auto hin. Ist ein asphaltierter Spazierweg«.

Thekla wollte auflegen.

»Und danke nochmal«, hörte sie Fred noch sagen.

Dann war die Verbindung unterbrochen.

»Tut mir echt leid, dass unser Treffen so enden muss. Aber Du hast es ja schon einige Male erlebt.

Kriminalpolizei halt«, Thekla zuckte mit den Achseln, umarmte ihre Freundin und verabschiedete sich.

*

Auf der Fahrt nach Roisdorf dachte Thekla noch verärgert:

»Da nimmt man sich mal ein paar Tage Urlaub, um entspannt die Seele baumeln zu lassen, steht früh auf, um mit der Freundin einen schönen Tag zu verleben und wird dann bereits am Mittag wieder zu einem Fall gerufen«.

Sie fuhr mit angepasster Geschwindigkeit über die A555, von Bonn in Richtung Köln und nahm die erste Ausfahrt, >Bornheim/Alfter<. Wie lange war sie nicht mehr hierhergefahren? Obwohl sie doch allen Grund dazu gehabt hätte. Ihr Vater wohnte doch nun bereits seit über dreizehn Jahren hier in Bornheim. Er war mit seiner Frau aus dem Westerwald hierhin gezogen, um näher an Köln und Bonn zu wohnen, aber gleichzeitig auch die wohlige dörfliche Atmosphäre zu genießen. Bornheim deshalb, weil seine Frau in Köln arbeitete, er aber, als pensionierter Hauptkommissar, doch noch die Nähe zu seinem ehemaligen

Arbeitsbereich des Rhein-Sieg-Kreises, suchte. Bereits einige Jahre hatten sie sich nicht mehr gesehen. Die Arbeit und die Sorgen mit Bernd und ihrem Sohn David, ließen irgendwie nie Platz, den Vater zu besuchen. Jetzt, wo sie darüber nachdachte, wurde sie etwas schwermütig und beschloss, den Vater zukünftig wieder mehr in ihr Leben zu integrieren. Jetzt, wo sie sich von Bernd getrennt hatte, war bestimmt auch wieder mehr Zeit für Familienbande. Obwohl sie den Weg nach Bornheim-Roisdorf gut kannte, fuhr sie mit Navigator. Auf einmal dachte sie:

»Mensch, wie schön es hier doch ist. Das hatte ich ganz verdrängt. Hier wohnt doch auch Papa«.

Sie befuhr die Siegesstraße und hielt, als sie ein Seniorenheim passiert hatte, an dem Fuß- und Radweg >In der Lüste< an. Ein rot-weiße Flatterband zeigte ihr, dass sie hier richtig war. Sie war sprachlos, als sie sah, dass dieser Weg direkt hinter dem Haus herführte, in dem ihr Vater lebte. Keine dreißig Meter von diesem kleinen Park, durch den der Weg führte, entfernt, war der Balkon ihres Vaters.

»Zufall?«, dachte sie, »oder kann der Vater vielleicht, was ihn bestimmt sehr erfreuen würde, bei einem Mordfall Hinweise liefern?«

»Thekla?, - bist Du das?«, hörte sie jemanden rufen.

Sie schaute hinauf zum Balkon des Vaters, der sich über einer Wohnung im Souterrain, in dem rot verklinkerten Haus befand. Sie erkannte ihren Vater, der sich gerade auf dem zehn Meter langen Balkon, der wie immer mit herrlich blühenden Pflanzen in Blumenkästen geschmückt war, befand. Bei diesem herrlichen Wetter hielt er sich gerne auf dem Balkon auf, las in Kriminalromanen bei seinem heißgeliebten Kaffee, und rauchte genüsslich seine Zigaretten. In der Wohnung zu rauchen hatte er sich schon vor langer Zeit abgewöhnt. Zum einen seiner Frau zuliebe, welche nicht rauchte, zum anderen aber auch, weil auch ihn der unangenehme Geruch von Zigarettenqualm in geschlossenen Räumen, störte.

»Hallo Papa«, begrüßte sie ihren Vater laut rufend.

»Was machst Du denn hier?«, rief er fragend, »Ist etwas passiert?«

»Ja Papa«, rief sie, »ich muss zum Einsatzort. Bleib bitte daheim, - ich komm gleich mal, auf eine Tasse Kaffee, vorbei«.

»Ist in Ordnung, - ich freue mich schon«, rief er, glücklich darüber, seine Tochter nach mehreren

Jahren mal wieder sehen zu können.

»Wieso ist Thekla denn hier? - und wieso Einsatzort?« Ihn als ehemaligen Hauptkommissar packte nun wieder die Neugier.

»War denn das rot-weiße Absperrband, das dort bereits am Anfang des Spazierweges gespannt war, nicht als Hinweis auf stattfindende Baumarbeiten, wie öfter im Jahr, gespannt worden?«, überlegte er. In Gedanken schon hinterhereilend, erinnerte er sich an Thekla´s Worte. »Bleib bitte daheim, ich komme gleich«, hatte sie gerufen. Dies war, bei Thekla´s gebildeter Ausdrucksweise, sicherlich nicht ohne Grund gesagt. Trotzdem war er neugierig und erwartete nun den Besuch seiner Tochter noch intensiver.

Thekla ging weiter den Weg unter den wunderschönen verschiedenen Bäumen, wie Kastanien, Eichen und Linden, entlang. Nach kurzer Zeit sah sie weitere Absperrbänder um den Fundort der Leiche. Dort waren auch noch die Leute der Spusi, die Kollegen der ansässigen Polizeiwache und auch bereits zwei weitere Kollegen der Kripo Siegburg.

»Na, - was gibt es?«, fragte die Kriminalkommissarin, Thekla Sommer, die bereits anwesenden Kollegen aus Siegburg. Thekla war bereits seit einiger Zeit als Ermittlungsgruppenleiterin ernannt. Nachdem ihr in verschiedenen Sonderkommissionen erfolgreich die Leitung übertragen wurde und sie verschiedene Fälle durch ihre, von einigen als sonderbar angesehenen, Fallanalysen erst auf die richtige Spur lenkte, hatte man sie generell zu einer Gruppenleiterin ernannt.

»Also«, begann der Kollege Peter Ludwig, »hier«, er zeigte auf eine Bank unter den Hasennusssträuchern, »hier ist heute Morgen von einer Joggerin, mit ihrem Hund, eine männliche Leiche gefunden worden. Name, Alter und Wohnort sind noch unbekannt, da der Tote keine Papiere bei sich hatte. Wir vermuten, dass er ein Bewohner der umliegenden Senioreneinrichtungen war. Neben dem Toten lagen noch leere Tablettenblister und diese«, wieder zeigte Peter auf de Bank, »Plastiktrinkflasche. Laut Spurensicherung sind keine Fingerabdrücke feststellbar. Vermutlich abgewischt. Warum uns die Kollegen, der heute Morgen verständigten zuständigen Polizeidienststelle, angerufen hatten , war, dass es ihnen komisch vorkam, dass dieser Rollator, der dort steht, etwa dreißig Meter weiter im Gebüsch am Abhang zum Bach, lag. Der hier wohl angedeutete Suizid ist nach Ansicht der Spurensicherung möglicherweise ein Ablenkungsmanöver. Genaueres zur Todesursache werden wir nach der Obduktion erfahren. Die Leiche ist in der Gerichtsmedizin in Köln.«

»Wie alt war der Mann denn schätzungsweise?«, fragte Thekla.

»Hier sind bereits Fotos vom Auffindeort und vom Rollator in den Büschen. Ich würde den Mann so auf Anfang bis Mitte Achtzig, schätzen«, sagte Robert Hanf, der andere Kollege Thekla´s, der gerade dazu kam. »Ich wollte gerade in das Seniorenheim dort hinten, um zu fragen, ob der Tote dort gewohnt hat?«

Thekla sah sich die Fotos an.

»Gute Idee Robert. Hier vorne im Park in dem Seniorenheim oder da hinten«, Thekla zeigte in Richtung Alfter, »zweihundert Meter weiter ist noch eine Residenz, wird man uns sicherlich weiterhelfen können. Hört doch mal bitte dort nach. Peter, - hör bitte bei der Spurensicherung nach, ob es verwertbare Fingerabdrücke auf der Flasche und dem Rollator, gibt. Ich kümmere mich um die Gerichtsmedizin, vielleicht kann man mir gegen Abend schon etwas zu den Todesumständen sagen.«

Als die drei losgingen, kümmerten sich die Beamten der Bornheimer Wache darum, die Absperrbänder wieder zu entfernen. Die Ermittlungen nahmen ihren

Lauf.

*

David war sehr traurig. Er hatte es sich doch
eigentlich alles so schön ausgemalt. Endlich hatten er
und seine neue Freundin, Jana Kaminski,
Sommerferien. Sie besuchten gemeinsam das
Gymnasium, auf der Zeithstraße in Siegburg.
Eigentlich war er ja hauptsächlich nur wegen ihr bei
seiner Mutter Thekla ausgezogen, um bei seinem
Vater in Siegburg-Kaldauen zu wohnen. Die neue
Freundin seines Vaters hatte nämlich, in fast
unmittelbarer Nachbarschaft, eine
Dreizimmerwohnung bezogen, mit ihrer Tochter Jana.
David war von Anfang an Feuer und Flamme für sie
gewesen. Als sie seinen Annäherungsversuchen
nachgab und es den ersten Kuß gab, schwebte er im
siebten Himmel. Das war nun fast ein halbes Jahr her
und sie wollten nun endlich, während der Ferien, in
aller Ruhe beisammen sein. Jana hatte sich bereits
über ihre Mutter die Antibabypille besorgt, da man
diese ja drei Monate nehmen sollte, bevor eine
Verhütung stattfinden kann. Der Vater war mit Janas

Mutter für vier Wochen nach >Hopfen am See<, im Allgäu gefahren. In dieser Zeit sollte, so war geplant, ein verführerisches Abendessen in der Wohnung des Vaters, mit anschließendem gemeinsamem Duschen und der >ersten gemeinsamen Nacht<, stattfinden. Janas Vater aber entschied kurzfristig, dass sie mit ihm, dem leiblichen Vater, drei Wochen in den Urlaub nach Ostfriesland, in die Stadt >Norden<, fahren solle. Er wäre schon einige Male dort an der Nordsee gewesen und wolle nun unbedingt seiner Tochter das angenehme Leben bei Ebbe und Flut, sowie die hervorragenden Fischrestaurants, zeigen. Ihre Mutter gefiel die Idee sehr gut, da Jana nicht mit in das Allgäu wollte und sie so eine >erwachsene< Aufsichtsperson hätte. Alles Maulen von Jana half nichts. Es war beschlossen, dass sie drei Wochen an der Nordsee verbringen würde.

»Ist echt doof«, sagte sie zu David, »ich hatte mich auch so sehr nach unserem >ersten Mal< gesehnt. Aber leider kann man da ja nun mal nichts machen. Bevor sie zu ihrem Vater ins Auto stieg, gab sie David noch einmal einen langen und leidenschaftlichen Kuss. Sie hauchte ihm ins Ohr:

»Ich liebe dich mein Schatz. Mach mir ja keine Dummheiten, während der Zeit. Wir werden aber jeden Tag telefonieren oder skypen.«

Nun waren sie also bereits sieben Tage getrennt. Der Schmerz des Liebesentzuges war für David so groß, dass er einen Plan fasste, aber niemandem etwas sagte, auch nicht zu Jana. Seine Mutter weihte er ebenfalls nicht in seinen Plan ein, obwohl er ihren großzügigen Zuschuss, den sie ihm bestimmt gewährt hätte, gerne in Anspruch genommen hätte. So jedoch holte er von seinem Sparbuch einen Teil der Ersparnisse, die eigentlich für seinen Führerschein gedacht waren. Bis er das Geld brauchen würde, würden sowieso noch fast eineinhalb Jahre vergehen. Seine Mutter, so vermutete er, hätte ihm wahrscheinlich seinen Plan ausreden wollen und als überstürzte Reaktion, abgetan.

So jedoch stand er am folgenden Tag um 00:57 Uhr, mit gepacktem Rucksack, in Siegburg am ICE-Bahnhof. Er hatte sich für diesen Zug nach Norddeich-Mole entschieden, weil er einen Sparpreis ergattert hatte. Zudem wäre er, sechs Stunden und dreizehn Minuten später am Ziel und könne, nach etwa einem Kilometer Fußweg, in Norden, >Im Distelkamp 23a<, in der Janas Vater eine Ferienwohnung gemietet hatte, seine Liebste noch vor dem Frühstück, überraschen. Die Dreihundertfünfzehn Kilometer wurden unendlich lang, mit der Sehnsucht, endlich seine erste richtige, heißgeliebte Freundin, endlich in den Arm zu nehmen und ihr Gesicht mit Küssen zu übersäen. Pünktlich kam der Zug in Norddeich an. Die Haltestelle lag direkt am Fähranlieger, an der die Fähren zu den Inseln Juist und Norderney, ablegten. David schnupperte die angenehme Brise, die über die Nordsee an Land wehte. Die Sehnsucht nach Jana war jedoch so groß, dass er auf dem schnellsten Weg zu ihr wollte. Zum Genießen der Natur würde er bestimmt später noch kommen.

*

»Guten Morgen mein Schatz, wie viele Jahre hab ich dich nicht mehr gesehen?«, sagte Peter Sommer, zu seiner geliebten Tochter. Er nahm Thekla in den Arm und drückte sie herzlich und lange.

»Guten Morgen Papa«, entgegnete Thekla, »ja, ich weiß, - aber es ist wirklich so, dass ich beruflich immer sehr eingespannt bin und David nach der Trennung von Bernd und mir, viel Stress machte und meine volle Aufmerksamkeit brauchte. Bernd und ich haben uns mittlerweile getrennt und David ist vor zwei Monaten zu ihm gezogen. Er wollte mal probieren, wie es ohne die >Glucke< Mama so ist. Ich denke mal, er kommt wieder zurück. Jedenfalls habe ich nun weniger Stress, da es mit Bernd in den letzten Jahren immer anstrengender wurde. Ich werde mich ganz bestimmt jetzt mehr um Dich und Franziska kümmern und den Familienzusammenhalt mehr pflegen«.

»Ist schon gut, - ich war halt sehr traurig, dass Du dich mehrere Jahre, außer Karten zu Weihnachten und den Geburtstagen, nicht gemeldet hattest. Natürlich kenne ich den Stress im Job, aus meiner Zeit als Hauptkommissar bei der Bonner Mordkommission. Jetzt ist aber alles gut. Ich freue mich, dass Du da bist. Wie lange kannst Du bleiben?«. Er ging in die Küche und schaltete, die bereits vorbereitete Kaffeemaschine an.

»Du Papa, so sehr viel Zeit habe ich jetzt nicht. Da hinten ist heute Morgen eine Leiche gefunden worden«. Thekla zeigte in Richtung des kleinen Parks.

»Wo?«. Peter Sommer blickte mit aufgerissenen Augen hoch. Ihn überkam sofort das kriminalistische Interesse.

»Papa, - da hinten im Park, aber Du bist da nicht involviert. Das ist mein Fall«.

»Ach ja«, Peter winkte ab, »Übrigens, herzlichen Glückwunsch zu Deiner Beförderung zur Siegburger Kripo. Scheinst Dich ja gut zu machen, wenn Dir jetzt schon Fälle als Leiterin übertragen werden«.

»Ja,- danke für die Glückwünsche. Bei Dir als

Lehrmeister musste ja was aus der Tochter werden«, Thekla lächelte ihren Vater an.

Der Kaffee war fertig und Peter füllte die Tassen, die er auf den Balkontisch gestellt hatte. Von hier hatte man wirklich einen tollen Blick in den Park und auf ein Seniorenheim.

»Es könnte sein, dass der Tote von da drüben ist. Wir haben einen Rollator gefunden.«

»Ach«, sagte Peter erstaunt, »erzähl mal mehr«.

»Papa, - du weißt doch ganz genau, dass ich nicht über Einzelheiten, bei einem laufenden Fall sprechen darf«, Thekla schüttelte den Kopf, »und schon gar nicht mit einem Zivilisten«. Jetzt lachten beide.

»Ach ja, seit meiner Frühpensionierung, mit sechsundfünfzig, komme ich mir vor, wie ein Greis. Dabei bin ich im Kopf doch noch wie fünfundzwanzig«.

Sie plauderten noch ein wenig über vergangene Zeiten und wie vernünftig es war, nun in diese Wohnung gezogen zu sein. Die Nähe zur Autobahn und somit nach Bonn und zur Arbeitsstelle von Franziska, nach Köln, war schon sehr gut. Thekla schaute immer wieder auf die Uhr.

»Entschuldige bitte, aber ich will noch zur Kölner Rechtsmedizin, bevor ich mich am Nachmittag mit den Kollegen, im Siegburger Büro, zur Besprechung treffe.

»Na klar, verstehe ich doch«, nickte Thekla´s Vater verständnisvoll. »Wir werden uns ja jetzt hoffentlich öfter sehen.«

Thekla gab dem Vater bei der Verabschiedung an der Haustüre noch ein Küsschen auf die Wange. Sie verließ das Haus und fuhr Richtung Autobahn nach Köln zum Melatengürtel, wo sich, direkt am Melatenfriedhof, die Kölner Rechtsmedizin befand.

Nach einer guten halben Stunde war sie dort.

»Leider habe ich den Bericht noch nicht schreiben können«, sagte der Obduzent, »doch ich habe erstaunliches festgestellt. Gut dass er«, er zeigte auf den Leichnam, »nicht als Suizid eingestuft wurde und zu uns verbracht wurde.«

Thekla schaute interessiert und lauschte gespannt den Ausführungen.

»Wir haben hier augenscheinlich keine äußeren, zum Tode führenden, Verletzungen feststellen können. Bis auf Hämatome auf dem Schulterrücken, die von außen, womöglich durch Druck entstanden waren, war nichts zu erkennen. Es wurde festgestellt, dass im hinteren Mundhöhlenbereich und an der oberen Luftröhre Kratzspuren zu erkennen waren. Diese wurden aber >post mortem< zugeführt. Wahrscheinlich wurde ein dicker, aber kurzer,

Schlauch in den Mund eingeführt. Daraufhin haben wir den Mageninhalt überprüft. Hier wurde eine hohe Dosis blutdrucksenkender Mittel und Schlafmittel, aufgelöst in Wasser, gefunden. Bei der Blutuntersuchung stellten wir einen sehr hohen Wert an Heroin fest. Da allerdings im Magen neben dem Schlafmittel keine Anzeichen von Heroin, also oraler Aufnahme, zu finden waren, untersuchten wir den Leichnam noch einmal mit einer Lupe auf Einstichstellen. Tatsächlich fanden wir, sehr klug platziert, eine winzige Einstichstelle, hinter dem rechten Ohr, an der das Ohr am Kopf ansetzt. Für einen Laien nicht zu erkennen«.

Thekla schaute sich die Stelle genau an und fragte: »Also Mord?«

»Eindeutig«, bestätigte der Obduzent, »der sogenannte ›goldene Schuss‹.«

»Vielen Dank für ihre schnelle Untersuchung«, sagte Thekla und schüttelte zur Verabschiedung die Hand. »Den Obduktionsbefund schicken sie mir bitte, am besten vorab per Fax, an diese Stelle«. Sie übergab die Karte der Mordkommission in Siegburg.

»Na klar, machen wir gerne, sobald der Befund geschrieben ist«.

Auf der Rückfahrt nach Siegburg dachte Thekla, im

Stau stehend, über den Fall nach.

»Warum tötet jemand einen so alten Menschen, der wahrscheinlich in einem Seniorenheim wohnt, mit Heroin und warum lässt er es wie einen Selbstmord aussehen, indem er dort leere Tablettenblister von Schlaftabletten liegen lässt?«

Thekla schüttelte, langsam im Schritttempo weiterfahrend, den Kopf.

»Das war ja wirklich ein perfider Plan«, dachte sie.

In der Fallbesprechung, welche immer am Abschluss eines Tages stattfand, wurden die zusammengetragenen Fakten jedem der Ermittler bekannt gegeben.

Robert Hanf hatte in den beiden Seniorenheimen, in unmittelbarer Nähe des Leichenfundes, nichts herausbekommen. Auch in dem dritten Seniorenheim, etwa achthundert Meter weiter entfernt, wurde niemand vermisst. Auf dem vorgezeigten Bild des Toten, wurde er von keiner Stationsleitung erkannt. Also machte sich Robert an die Befragung Einheimischer.

»Am besten«, so dachte er, »würde er dort beginnen, wo sich viele Menschen gleichzeitig aufhielten«. Er ging also ins nahegelegene Einkaufszentrum in Roisdorf. Einem erst vor kurzem entstandenen

Komplex, in denen Einzelhändler, sowie Supermärkte und ein Technikhandel, untergebracht waren. Dort, in der schön eingerichteten Bäckerei, mit integriertem Café, hatte er sofort Erfolg. An einem, in der Mitte befindlichen, runden, Tisch, saßen drei ältere Herren genüsslich bei Kaffee und Kuchen beisammen. Es waren Rentner, die, wie sich später herausstellte, langjährige Freunde waren und sich hier jeden Nachmittag zu einem Plausch und zum Pokern trafen. Hier konnte man, abseits der Ehefrauen und den nüchternen und frustrierenden Alltag, mit den Freunden über vergangene Episoden des Lebens erzählen.

»Na klar«, sagten zwei der anwesenden Herren, wie aus einem Mund. »Dat is doch der Brummers Leo, - der Spargelkönig. Warum hätte der denn die Augen so wig opp?«.

Der Dritte Mann am Tisch schaute auf das Bild und nickte ebenfalls.

»Den kennt doch hier jeder. Warum wollen sie denn was zu ihm wissen?«. Etwas nach vorne zu Robert gebeugt, flüsterte er, »ist der Tod?«

Robert nickte.

»Wieso kennt denn den Herrn Brummer jeder, und wieso Spargelkönig?«, wollte Robert wissen.

»Na, das ist doch hier der reichste Mann von

Bornheim. Der hat doch Millionen mit seinen Spargelfeldern gemacht. Erst hat er hier die kleineren Spargelbauern mit seinen niedrigen Preisen, über Jahre hinweg, an den Rand der Existenz gebracht und dann hat er sein Land auf dem sich seine riesigen Spargelfelder unten an der Autobahn, befanden, an den Bund verkauft. Die hatten da wohl seinerzeit einen neuen Zubringer zur Autobahn geplant. Der Plan ist aber mittlerweile wieder eingeschlafen. Jedenfalls hat der Leonhard damit Millionen abkassiert«.

Wo wohnte denn der Herr?«.

»Wenn sie hier«, der Mann zeigte durch den Raum, in Richtung einer Ecke, »die Siegesstraße runter gehen, kommt auf der linken Seite der Fußweg >Auf der Lüste<. Kennen sie den?«

»Ja, den kenne ich«, bestätigte Robert, ohne zu erwähnen, dass dort die Leiche gefunden wurde.

»Na, - und genau gegenüber geht, auch von der Siegesstraße, der Fußweg weiter. Vorbei am Tennisplatz. Etwa einhundert Meter weiter kommt auf der linken Seite ein großes, villenmäßig, aussehendes Haus, inmitten einer großzügig angelegten Parkanlage, mit einem hohen Zaun umgeben. Da hat der gewohnt«.

An der angegebenen Adresse fand Robert zwar ein

bronzefarbenes, überdimensionales Klingelschild, mit dem Namen >Leonhard Brummer<. Aber es öffnete niemand. So fuhr Robert Hanf dann zurück nach Siegburg in die Dienststelle.

Peter Ludwig, der zweite Kollege im Kreis der Ermittler, teilte mit, dass die Spurensicherung festgestellt hatte, dass sich in der Plastikflasche vom Fundort, Wasser befunden hätte, ohne jede andere Substanz. An der Flasche, sowie den Handgriffen des Rollators waren keinerlei Fingerabdrücke gefunden worden. Selbst die Abdrücke auf den Tablettenblister wären so verschmiert, dass sie absolut unbrauchbar gewesen seien. Bei den Tabletten handelte es sich um ein Schlafmittel, dass in jeder Apotheke, ohne Rezept, zu kaufen sei.

»Eigentlich unbedenklich, aber in einer großen Menge, schon lebensbedrohlich«, beendete Peter seine Erkenntnisse.

Thekla erzählte von dem, was sie in der Rechtsmedizin erfahren hatte. Der nun bereits vorliegende Obduktionsbericht hatte keine weiteren, nennenswerten, Ergebnisse hervorgebracht.

»Ein recht mysteriöser Fall«, meinte Thekla.

»Viel Ermittlungsarbeit«, steuerte Robert bei.

Mit, »Na sehen wir mal«, beendete Thekla die Runde. Morgen wollte dann das Team überlegen, wer welche weiteren Ermittlungen zum Puzzle der Lösung übernehmen würde.

**Zweites Kapitel**

Sybille Salz hatte sich am nächsten Morgen bereits früh im Büro von Thekla eingefunden.

»Was machst Du denn hier?«, fragte Thekla ganz überrascht. »Ich dachte Du hättest Urlaub.

»Ja, habe ich auch, als ich aber gehört habe, dass hier ein verworrener Mordfall anliegt, hab ich mir gedacht, auch ich breche meinen Urlaub, genau wie Du, ab.«

»Das musstest du doch nicht. Wir können zwar im Moment jeden klugen Kopf gebrauchen, aber Du hast Dir doch genau wie jeder andere, Deinen Urlaub nötig.«

»Eben, - genau wie jeder andere. Auch wie Du. Nein, - ich bleibe jetzt hier und helfe bei der Aufklärung. Erholen kann man sich auch später noch.«

Das war es, was Thekla so an ihrem Team der Einsatzgruppe liebte, unbedingter Zusammenhalt und vor Ort sein, wenn man gebraucht wurde. Auch in diesem Jahr würde sie sicherlich wieder etwas mit dem Team organisieren, um das >WIR<-Gefühl zu festigen. Letztes Jahr waren sie zusammen nach Oberhausen, in die Zeche Haniel gefahren, die letzte geschlossene Zeche des Ruhrgebietes. Hier hatten sie sich dann die Zeiten des Kohleabbaus noch mal ins Bewusstsein gerufen und durften auch noch mal mit ehemaligen Kumpels der Zeche, in den Stollen einfahren. Wer wusste schon, ob die Kinder der heutigen Gesellschaft dies alles noch erleben durften, oder die Vergangenheit des Bergbaus bald nur noch in Bildern oder Dokumentationsfilmen nachhaltig beschrieben wurden. Im Anschluss an den Bergwerksbesuch hatte Thekla Karten, für die vier Angehörigen des Teams, als Überraschung für >Starligth Express< in Bochum, am Stadionring 24, besorgt. Alle hatten einen vergnügten Tag und viel Spaß bei der Aufführung im >Starligth Express Theater<, welches für dieses Musical erbaut und 1988 eröffnet wurde. Einzig Robert war damals ins Fettnäpfchen getreten, als er im Foyer eine Blondine von etwa dreißig Jahren erblickte, die ihre Brüste unter einer sehr transparenten Bluse zur Schau stellte. Auf den BH hatte sie anscheinend absichtlich verzichtet, um ihre Wirkung in der Öffentlichkeit zu testen. Wir Frauen wussten sofort instinktiv, dass da etwas nicht stimmen konnte, denn die Anziehungskraft der Erde wird bei einer solchen Oberweite, immer eine gewisse Wirkung zeigen. Nicht so bei dieser Blondine. Hier standen die Brüste gerade nach vorne gerichtet.

»Hallo«, sprach Robert die Frau an, nachdem er sich durch einige Zuschauer, die dort im Foyer standen, hindurchgezwängt hatte, »ich bin Robert, Kommissar der Mordkommission in Siegburg.« Er machte sich gerne mit seinem Beruf wichtig bei den Frauen.

»Können wir vielleicht nach der Aufführung noch etwas zusammen trinken gehen, oder darf ich Dir meine Karte geben, damit Du mich mal anrufen kannst?«, säuselte er die Frau von hinten an.

Sie drehte sich um und man konnte in ein sehr geschminktes Gesicht mit, zu einem leichten Kussmund geschminkten Lippen sehen. Die markanten Gesichtszüge ließen die beiden Kommissarinnen sofort ihre intuitiven Gedanken, bestätigt wissen.

»Sehr gerne«, hörte Robert eine helle, aber etwas markante Stimme antworten. Robert schaute zunächst gar nicht ins Gesicht, sondern war von den, sehr gut zu erkennenden Brüsten, fasziniert. Erst nach einer Weile schaute er hoch in ihre Augen. »Ich bin übrigens Siggi«, sprach die Unbekannte weiter und hielt ihre

Hand zur Begrüßung entgegen.

Robert war irritiert. »Du bist gar keine ...?

»Ist das denn so schlimm? Ich habe mich vor zwei Jahren operieren lassen, man, - war das eine Tortour bis ich die OP genehmigt bekommen hatte«.

°°Robert war sprachlos. Thekla musste innerlich lachen und auch Sybille schmunzelte von einem Ohr zum anderen.

»Tja, - ich glaube da liegt jetzt wirklich ein Irrtum vor«, Robert schaute noch einmal die von einem Chirurgen wohlgeformten Brüste an«, T-schuldigung, ich muss wieder zurück.

»Spielverderber«, hörte Robert hinter sich, als er zu seinem Team zurückkam, das sich an einem der Tische während der Aufführungspause, eine Erfrischung gönnte.

»Ich will jetzt kein Wort darüber hören«, sagte Robert laut in die Runde. Verschämt senkte er seinen Blick und war für den Rest des Tages schlechter Laune.

Dieser Tag hatte zur Teambildung wieder einmal gut beigetragen. So etwas in der Art wollte Thekla auch weiterhin einmal im Jahr wiederholen. Wie sehr das bei Menschen zu einer positiven Resonanz beisteuerte, merkte Thekla auch jetzt wieder an Sybille, die ihren Urlaub unterbrach, um ihre Hilfe anzubieten.

»Da freue ich mich aber riesig, Sybille, es scheint

wirklich ein hinterhältig geplanter Mord zu sein, bei dessen Aufklärung wir tatsächlich jeden gebrauchen können. Danke für Dein Engagement.«

»Das ist doch wirklich eine Selbstverständlichkeit für mich, wie damals bei den Musketieren, - >alle für einen, einer für alle<.

Alle Anwesenden im Raum lachten.


»OK, dann mal los«, fing Thekla an, den Tagesablauf zu strukturieren.

»Peter«, sie schaute in Richtung von Peter Salz, Du gehst bitte zu der Zeugin, Ute Schirmer in Alfter, die den Toten gefunden hat und befragst sie, ob sie sich an weitere Einzelheiten erinnern kann? Vielleicht hat sie auf ihrem Heimweg noch eine Beobachtung gemacht, die ihr unbedeutend vorkam, für uns aber wichtig sein könnte.«

»Robert, - gehe Du bitte nochmal nach Roisdorf und Bornhcim und frage in der Bevölkerung nach, was Du über den Menschen >Leonhard Brunner< zu hören bekommst. Wer war Freund, Feind, ein Neider und so weiter. Wir müssen uns nicht nur ein Bild über sein privates Umfeld machen, sondern gerade auch über sein soziales Wirken auf die Mitmenschen, also im zwischenmenschlichen Bereich.«

Thekla legte sehr großen Wert auf

zwischenmenschliche Entwicklungen der Menschen untereinander. Schon manch ein Hinweis, den sie zu hören bekam, hatte in ihr ein bestimmtes Bauchgefühl hervorgerufen, das dann, oftmals von Thekla bewusst gesteuert, zu einer Lösung eines Problems oder eines Falles beigetragen hatte. Thekla hatte bereits in ihrer Jugend von ihrem Vater gelernt, Probleme ganz systematisch, unter Berücksichtigung jedes kleinsten Vorkommnisses, akribisch zu analysieren und der Lösung strukturiert entgegenzusteuern. So wurde es auch später in der kriminalpolizeilichen Ausbildung gelehrt.

»Sybille und ich gehen zu der Wohnadresse. Jetzt muss ja seine Frau oder sonst jemand in dem Haus anzutreffen sein. Wir ermitteln innerhalb der Familie. Vielleicht ergeben sich heute Abend bei der Besprechung bereits beim Zusammentragen des Puzzles schon weitere Erkenntnisse im Zusammenhang.«

Die Besprechung war beendet. Jeder verließ das Siegburger Polizeipräsidium in den zugeteilten zivilen Einsatzfahrzeugen.


»Hier wohnt man aber schön«, dachte Peter Ludwig, als er in die Fürst-Franz-Joseph-Straße, in Alfter einbog. Die Gärten der Häuser waren hinter den

Häusern so gelegen, dass man, in Richtung Bonn-Dransdorf blickend, nicht auf Häuser, sondern über mehrere Kilometer Felder und Äcker schaute. Es war der Ortsrand des Alfterer Unterdorfs. Hier war, abgesehen von der dort vielbefahrenen Bonn-Brühler Straße, ein Erholungswert gegeben, den so manch ein Städter vermisste. Von hier aus brauchte man eigentlich nicht in Urlaub zu fahren. Bei dem Klima der Kölner Bucht und gerade hier am unteren Rand des Vorgebirges, ging immer ein kleines aber laues Lüftchen, das von der Waldville, dem Bergkamm oberhalb von Bornheim und Alfter, herunterzog.

Er klingelte gegen elf Uhr an der Haustüre. Neben dem Eingang war ein handgefertigtes Holzbrett, im Stil und der Form eines Baumquerschnittes, mit der Aufschrift:

>Hier wohnen und leben die Glücklichen Schirmers: Friedrich, Ute, Max, Lena nebst Wachhund Bruno<.

Dieser Wachhund bellte laut hinter dem Haus beim Ertönen der Klingel. Keine Minute später war er auch schon von innen an der Haustüre. Vermutlich stand die Terrassentüre auf. Die Türe wurde geöffnet und Bruno kläffte heftig als Beschützerauftrag, in Richtung des Fremden. Zum Glück hielt Ute Schirmer den Hund am Halsband zurück.

»Still jetzt Bruno«, sagte sie in einem rauen aber

liebevollen Ton. Der Hund verstummte und gab die Türe frei.

»Ja bitte?«, fragte Ute.

»Peter Ludwig, Kripo Siegburg, guten Morgen«, Peter hielt seinen Dienstausweis in Augenhöhe.

»Sind Sie Frau Ute Schirmer?«

»Ja«, sagte Ute etwas irritiert, »Worum geht´s?«

»Frau Schirmer, wir ermitteln in dem Mordfall des Herrn Leonhard Brummer. In diesem Zusammenhang hätte ich gerne noch ein paar Fragen an Sie. Darf ich reinkommen?«

»Mordfall?«, entsetzt zog Ute die Türe nun ganz auf, um Peter den Eintritt ins Haus zu ermöglichen. Sofort fing Bruno, der am Halsband festgehalten, neben Ute stand, aus tiefem Rachen an zu brummen.

»Das hört sich aber gefährlich an«, meinte Peter, der sich nah an der Wand entlang schleichend, einen sicheren Weg, vorbei an dem knurrenden Hund, suchte.

»Ach, - der tut nur so, in Wirklichkeit ist der lammfromm. Das weiß nur zum Glück keiner. Er hätte sonst seine Wirkung verfehlt«.

Als Ute die Türe zugemacht hatte, ließ sie den Hund los. Peter befürchtete Schlimmes, doch Bruno hörte mit dem Knurren auf und lief nun schwanzwedelnd auf ihn zu. Er beschnupperte Peter ausgiebig und drehte sich dann unvermittelt um, um sich auf seiner Decke neben der Couch hinzulegen, immer jedoch einen wachsamen Blick auf den Fremden im Haus gerichtet.

»So, Herr Ludwig, was kann ich für Sie tun, beziehungsweise, wieso Mord? Ach, darf ich Ihnen einen Kaffee anbieten?«

»Nein danke, machen Sie sich bitte keine Umstände. Also, zu den laufenden Ermittlungen darf ich Ihnen wirklich keine Auskunft geben. Wir sind auch gerade erst am Anfang.« Peter setzte sich auf einen der stabilen Eichenstühle der Essgruppe, die im großzügigen Wohnzimmer etwas abseits in einer Ecke stand.

Wir würden gerne nochmal genau wissen, an was Sie sich beim Auffinden des Toten, noch erinnern können? War da noch etwas auf Ihrem Heimweg, was Ihnen seltsam vorkam?«

»Also etwas Ungewöhnliches«, Ute schüttelte nachdenklich den Kopf, »Ungewöhnliches habe ich nicht gesehen. Ich war noch viel zu aufgeregt. Vor allem, als die Polizisten kamen, die ich sofort mit dem Handy anrief, glücklicherweise nehme ich es immer beim Joggen mit, haben sie den Ort direkt als >Tatort< gekennzeichnet. Sie umrahmten ihn mit einem rot-weißen Flatterband. Mein Gott«, sie fasste sich immer noch fassungslos an die Herzgegend, »so was habe ich auch noch nie erlebt.«

Robert nickte bedächtig und gestikulierte beruhigend in Utes Richtung.

»Also«, berichtete Ute weiter, da kam vom Roisdorfer Brunnen nur ein alter VW-Käfer vorbei, wissen Sie, so zurechtgemacht wie in den Neunzigern üblich, mit einer Heckflosse, wie früher die 911er-Porsche. Dieser fuhr mit hoher Geschwindigkeit über die Brunnenstraße in Richtung Bahnhof. Aber dass kam mir nicht ungewöhnlich vor. Den Berg runter, am Brunnen vorbei und hinter dem Bahnübergang weiter zum Bahnhof hoch, das lädt so manch einen zum schnell fahren ein. Obwohl an die Bahnschienen anschließend, steht die große Seniorenresidenz. Aber das interessiert die Jugend ja heute nicht mehr.

»Ein VW-Käfer? «fragte Peter, »welche Farbe?«

»Na so mittelblau metallic, glaube ich. Der sah aber wie neu aus, - also jedenfalls ganz neu lackiert. Ich dachte noch bei mir, - der ist aber gut zurecht gemacht.«

»Fällt Ihnen sonst noch was ein?«, versuchte Peter ihrer Erinnerung nachzuhelfen.

»Ja«, sagte sie, »aber das ist ja nichts Ungewöhnliches. Beim weiteren Gang über die Felder, hier kurz vor meinem Haus, überholte ich einen Mann, der sehr langsam ging und sich immer wieder am Knie festhielt.«

»Kannten Sie den Mann?«

»Nein, aber wissen Sie, hier wohnen mittlerweile so viele neu Zugezogene. Es ist hier landschaftlich so reizvoll und dann noch die Nähe zu Bonn. Ach ja«, meinte sie noch, »der war so etwa vierzig bis fünfundvierzig Jahre alt. Ich dachte noch, wie man in so jungen Jahren schon so heftige Gelenkschmerzen haben kann. Aber ich hab ja auch gut reden«, scherzte sie nun über ihre eigene Aussage, »ich lauf ja auch schon seit mehreren Jahren jeden Morgen meine Strecke.«

»Gut, Frau Schirmer«, Peter Ludwig klappte seinen Notizblock zu, »wenn wir noch irgendwelche Fragen haben kommen wir bestimmt noch einmal auf Sie zu.«

Peter stand von seinem Stuhl auf und sofort sprang Bruno wachsam auf. Ute Schirmer ging mit dem Kommissar und ihrem ›Wachhund‹ zur Haustüre.

Als Peter dann wieder im Auto saß, dachte er: »Ein blauer getunter VW-Käfer und ein am Knie verletzter Mann, gar nicht so schlechte Ermittlungsergebnisse.«


Robert parkte seinen Wagen in der Tiefgarage des Einkaufscenters, in der er seine ersten Informationen über den toten Brummer, erhalten hatte.

»Immer bekomme ich die Laufarbeit«, murmelte er beim Betreten des Gebäudes. »Viel lieber wäre ich mit Thekla beim gemütlichen Recherchieren im Haus des Verstorbenen. Sicherlich sitzen die bei Kaffee und Gebäck und plaudern mit den Angehörigen über das Leben des Opfers«

Er betrat die Eingangshalle der Mole. Hier war heute viel weniger los als gestern, es war noch recht früh. Die Restaurationen waren nur spärlich besucht und so ging er durch die einzelnen Discounter. Viele schüttelten beim Vorzeigen des Bildes den Kopf. Einige wenige erkannten zwar das Gesicht und kannten ihn als Spargelbauern mit sehr günstigen Preisen, bei guter Qualität, aber Einzelheiten über sein Privates konnten sie nicht beitragen.

Robert spazierte weiter über die Königstraße, der Straße, an der recht viele Einzelhändler und kleinere Geschäfte ihr Domizil bereits seit vielen Jahren aufgeschlagen hatten. Dies war so eine Art Einkaufsstraße, im Herzen der Stadt Bornheim. Beim Recherchieren in den Läden hatte Robert meist von den Ladeneigentümern, doch so einiges über den Spargelkönig erfahren. Die meisten redeten recht gut über ihn, doch von so manch einem, hörte er auch Negatives. Dies ging so weit, dass er sich auf seinem Zettel am Ende seiner Befragung etwa 25 Personen notiert hatte, die eventuell in Frage kämen, etwas in Sachen >Rache< eingefädelt zu haben.

Da war zum Beispiel Egon Spiesser, der ebenfalls als Spargelbauer in der Region tätig war und dem Brummer so manches gute Geschäft, so erzählte man sich, verdorben hatte.

Da war die Witwe Kesselhuber, deren Söhne beim Brummer stets spärlich entlohnt wurden, obwohl sie in jeder Saison, den großen Betrieb durch ihren unermüdlichen Einsatz, so wurde Robert erzählt, am Leben gehalten hätten.

Weiterhin waren da die Wollenweber Zwillinge, zwei Hünen von Mannsbildern, die der Sohn von Leonhard Brummer einmal mit einer Schrotflinte von den Feldern vertrieben hatte, weil sie angeblich, Spargel bei Nacht geklaut hätten, um ihn am folgenden Tag auf einem Kölner Wochenmarkt, zu verkaufen.

So setzte sich die Liste fort. Jeder der da stand war in irgendeiner Weise, als Verbindung zum Tötungsdelikt, zu überprüfen.

»Da hat Thekla aber einiges unter den Kollegen an Arbeit zu verteilen«, dachte sich Robert, als er am späten Nachmittag wieder im Polizeipräsidium eintraf.

Der leichte Regen in der vergangenen Nacht hatte

hier, an dem mit hohen Bäumen bestandenen Weg, entlang des Baches, noch so viele Tropfen hinterlassen, dass Thekla einige davon, von den Blättern herunterkullernd, auf die Haare und ins Gesicht, bekam.

»Hier wohnte er also«, dachte Thekla, beim betätigen des Klingelknopfes.

»Das sind wohl gerade mal fünfhundert Meter bachaufwärts, wo die Leiche entdeckt wurde«, sagte Sybille, die Thekla bei der Befragung der Angehörigen, begleitet hatte.

Thekla nickte kurz. Schon ging der Summer des hohen schmiedeeisernen Gartentores. Beide traten in den Vorhof des großen Hauses. Die Haustüre öffnete sich und eine junge Frau fragte, etwas schüchtern,

»Entschuldigen Sie bitte, aber wir haben einen Trauerfall in der Familie. Können Sie bitte morgen wiederkommen, wegen des Bewerbungsgespräches?«

Thekla antwortete, ihren Dienstausweis vorzeigend,

»Wir sind von der Kriminalpolizei Siegburg. Wir ermitteln im Fall des Herrn Brummer. Sind Sie eine Angehörige?«

Mit großen Augen antwortete die junge Frau,

»Ich bin die Enkelin, Larissa Müller. Wieso denn Kriminalpolizei? Wieso ermitteln?«

»Dürfen wir reinkommen?«, fragte nun Sybille,

freundlich aber etwas forsch, wobei sie sich an Larissa vorbeidrängelte.

»Bitte sehr, - wir sitzen alle im Wohnzimmer. Sie zeigte entlang des offenen Kamins neben einer imposanten Treppe, nach oben.

»Hier bitte«, Larissa Müller öffnete die Türe zum Wohnzimmer.

An einem riesigen Eichentisch, der mit einigen Kaffeetassen, Kaffee und Keksen, gedeckt war, saßen der Sohn des Verstorbenen mit Ehefrau und die Tochter des Toten, mit Ehemann. Durch die Verbindungstür zur Küche, kam die Haushälterin, Frau Petra Scholz, gerade mit neuem Kaffee.

»Hier sind Leute von der Kriminalpolizei« sagte Larissa, nach Luft schnappend.

»Guten Tag zusammen, wir ermitteln im Fall des Toten, Leonhard Brummer und hätten gerne ein paar Fragen an Sie«, begann Thekla das Gespräch.

»Was ermitteln Sie denn?«, wollte Frank Müller, Larissas Vater und Schwiegersohn von Brummer, wissen. »Die Sache ist doch klar, wie uns erzählt wurde. Mein Schwiegervater hat sich doch wohl aus Gram über den Verlust seiner Ehefrau, die vor zwei Jahren gestorben ist, mit Tabletten selber das Leben genommen.«

»Nein«, erwiderte Thekla, »so ist es leider nicht. Ich

muss Ihnen mitteilen, dass die Gerichtsmedizin festgestellt hatte, dass Herr Brummer durch eine heimtückisch beigebrachte Injektion mit Arsen, ums Leben kam.«

Thekla räusperte sich, »Mehr kann ich Ihnen bei den laufenden Ermittlungen, leider nicht sagen«. Sie schaute in die Runde und fragte, »Frau Brummer ist verstorben? Dann sind Sie wohl die Erben? Entschuldigung, aber das muss ich jetzt fragen.«

»Ja, Gisela Brummer mein Name, ich bin die Tochter und das hier ist mein Mann. Der Sohn des Verstorbenen. Das hier, »sie zeigte auf das andere Ehepaar, sind meine Schwester Isolde und ihr Ehemann. Larissa«, sie zeigte auf die nette junge Frau, die die Türe geöffnet hatte, »ist die Tochter meiner Schwester.« Sie setzte sich wieder, fügte aber noch hinzu, »Wir sind die Erben. Wir wohnen alle hier im Haus auf den beiden oberen Etagen. Mein Schwiegervater residierte hier unten.«

Nach einer halben Stunde des weiteren Gespräches, in dem Thekla sorgsam darauf achtete, ihren aufkommenden Verdacht der Habsucht nicht zutage treten zu lassen, sagte Thekla:

»So, so, also, da die Gerichtsmedizin bereits den Leichnam freigegeben hat, können Sie die Beerdigung vorbereiten. Geben Sie mir bitte Bescheid, wann und wo die Testamentseröffnung stattfindet.«

Es klang nicht wie eine Frage, sondern allen im Raum war bewusst, dass dies eine Anweisung war. Niemand wagte zu widersprechen.

Auf dem Weg von der Haustüre zum Gartentor, flüsterte Thekla in Richtung Sybille:

»Da ist was im Busch. Die Geschwister scheinen sich nicht unbedingt zu mögen und der Haussegen, wahrscheinlich führte Brummer hier ein straffes Regiment, hängt schief.«. Sybille nickte zustimmend.

Bei der allabendlich stattfindenden Fallbesprechung, kamen viele Einzelheiten zum Fall, auf den Tisch. Wahrscheinlich lag jetzt sehr viel Kleinarbeit, Befragungen und Recherche aus vergangenen Zeiten und das Durchleuchten der Familienverhältnisse, vor den Kripobeamten.

Mitten in der Unterredung und dem Planen des weiteren Vorgehens, platzte die Bombe.

Fred Bollenkamp, Leiter und Chef der Mordkommission dieses Hauses, riss, diesmal ohne zu klopfen, was normalerweise gar nicht seine Art war, da er auf gute Sitten viel Wert legte, die Türe auf.

»Noch ein Leichenfund! Besser gesagt, ein Skelett in Bornheim.«

Erschrocken schauten alle in die Runde.

»Diesmal nicht in Bornheim-Roisdorf, sondern an

der A 555, .«.

Thekla wusste sofort die Region einzuordnen. Es war also an der ersten deutschen Autobahn, die bereits in den Jahren 1929 bis 1932 zwischen Köln und Bonn erbaut wurde. Im Jahr 2003 wurde die Anschlussstelle Bornheim gebaut. Seitdem wohnte auch ihr Vater in Roisdorf.

»Nun haltet Euch mal fest«, sagte Bollenkamp.

»Auf einem der alten Spargelfelder des toten Herrn Brummer, welches nicht mehr bewirtschaftet wurde, ist heute Nachmittag ein Skelett gefunden worden.«

Er schaute Thekla an.

»Tut mir leid, aber bei der Personalknappheit müsstet Ihr diesen Fall bitte auch übernehmen.«

Etwas mitleidig und schuldbewusst, wegen der Personalknappheit seiner Abteilung, blickte er in die Runde.

Thekla nickte schweigend.

»Die Spurensicherung ist schon vor Ort. Vielen Dank.«

Schnell schloss er die halb geöffnete Türe, in der er vorsichtshalber stehengeblieben war und nur einen Schritt in den Raum unternommen hatte.

»Also auf«, seufzte Thekla, »aus der Traum von einer baldigen Urlaubsfortsetzung.«

Alle erhoben sich und wollten los.

»Nein, - ihr geht jetzt in den wohlverdienten Feierabend. Robert, begleitest Du mich bitte zum Fundort?«, fragte Thekla.

»Soll ich jetzt etwa nein sagen?« dachte Robert, etwas schmollend.

»Na klar«, hörte er sich laut sagen, wobei er es sich lieber nach den -langwierigen- Recherchen, in der Bornheimer Innenstadt, bei einer Flasche Bier auf der Couch, gemütlich gemacht hätte.

An die anderen gewandt, sagte Thekla:

»Wir sehen uns morgen, - schönen Feierabend, Euch.«

Thekla wählte nicht den direkten Weg zur Autobahn, sondern die Strecke über die B9, über Sankt Augustin-Hangelar. Hier gab es eine Eisdiele mit einem weit bekannten guten Ruf für leckeres Eis. Sie fand einen Parkplatz, fast genau vor der gut besuchten Eisdiele und fragte Robert:

»Einen großen Erdbeerbecher zum Mitnehmen?«

Er nickte grinsend.

»Ich möchte keine andere Chefin haben«, dachte er, immer noch grinsend und bemerkte, wie ihm schon das Wasser im Mund zusammenlief.

*

Als die Kommissare an der geschilderten Stelle

ankamen und den angelegten Weg zur Bewirtschaftung der Felder, erreicht hatten, mussten sie noch, um zur Fundstelle zu gelangen, etwa achtzig Meter durch frisch gepflügtes Feld gehen. Da es am vorherigen Tag geregnet hatte, war es ein sehr schlammiges Vergnügen.

»Na ja«, meinte Thekla an Robert gewandt, »glücklicherweise haben wir keine Sonntagsschuhe an. Aber die Hosen müssen bestimmt in die Reinigung. Den Schmutz werden wir mit der Waschmaschine nicht herausbekommen.«

Robert sah nach unten und bemerkte erst jetzt die Sauerei. Er hatte sich zu sehr auf den Fundort und die Umgebung konzentriert.

»Sieht aber nicht bewirtschaftet aus«, meinte er. Schau mal, die Felder ringsherum sind alle bereits in der Spargelernte, nur hier das etwa zweitausend qm große Feld ist frisch umgepflügt.«

Sie erreichten den Fundort des Skeletts. Die Spurensicherung war in voller Arbeit. Sie hatten sehr großzügig, im Radius von etwa zwanzig Metern mit rot-weißem Band, abgesperrt. Der Leiter der Spusi kam auf die Beiden zu.

»Der Herr Lehmann, da drüben«, er zeigte auf einen Bauern, der rauchend an seinen Traktor gelehnt stand. Er sah den in weiß gehüllten Leuten, bei der Arbeit zu,

»Er hat beim Umpflügen des Feldes hier, eine skelettierte Leiche gefunden. Zunächst dachte er, es sei wilder Spargel, denn hier war bis vor dreißig Jahren im Umkreis von zwei Kilometern, ebenfalls alles Spargelfeld. Dieses Stück hier sah der Besitzer damals als Land, auf dem ein Spargelanbau nicht mehr wirtschaftlich sei. Angeblich war das >saurer Boden<. Der Bauer Lehmann hat voriges Jahr vom heutigen Besitzer, einem Herrn Brummer, dem Sohn des ehemaligen Besitzers, das Feld abgekauft. Er wollte nun dieses Land anders bewirtschaften und pflügte deshalb den Boden um. Dabei fand er die Leiche. Wir haben hier also eine stark skelettierte Leiche vorgefunden. Ich würde sagen, sie liegt mindestens schon dreißig bis vierzig Jahre da. Genaues aber erst morgen, nach gerichtsmedizinisch genauer Bestimmung.«

»Danke«, sagte Thekla, »für die umfangreiche Darstellung der Situation.«

Der Beamte ging zurück zu seinen Kollegen.

Robert und Thekla wandten sich dem Bauer zu, der noch immer breit grinsend, an

seinen Traktor gelehnt stand.

»Nun«, meinte Thekla, »lustig ist so eine Leiche aber nun wirklich nicht.«

»Nein, - ich grinse wegen den weißen

Schutzanzügen. Schützen die sich jetzt wegen der Spuren oder vor dem Schlamm?«

»Sie sind also Herr Lehmann?« fragte Thekla.

»Ja, ja, ich hab das Skelett gefunden. Ich will hier neu Bewirtschaften und mein Glück mit Mais versuchen. Der alte Spargelkönig, - also ich meine den alten Brummer-hat bereits vor etwa dreißig Jahren das Bewirtschaften des Ackers eingestellt. Es lohne sich hier nicht, Spargel anzubauen, meinte er damals. Seitdem verwildert hier das Stück Land. Vor einem Jahr, genauer im Februar letzten Jahres, hab' ich dann am Stammtisch, beim zünftigen Bier, das Stück Land per Handschlag vom Sohn des Alten, billig abgekauft. Der Sohn und die Tochter des Alten haben vor etwa zwanzig Jahren den Spargelbetrieb mit all dem Land, vorzeitig übernommen.«

»Ach, das ist uns jetzt neu«, sagte Thekla erstaunt.

»Ja, ja, - die haben so einiges gemauschelt, - ich meine, so an der Erbschaftsteuer vorbei.« Er blickte in den Himmel, so als wenn er das jetzt gar nicht gesagt hätte.

»Ist ja interessant«, flüsterte Thekla in Richtung ihres Kollegen.

»Und wovon hat er dann gelebt?«, fragte Robert, an Thekla gerichtet.

Lehmann mischte sich ein: »Angeblich hatte er, so

54

erzählte man sich hier, ein lebenslanges Wohnrecht in seinem Palast, der schon den Kindern gehörte. Auf der Bank soll er mehrere Millionen Euro haben!«

»Danke, Herr Lehmann«

Thekla drehte sich um und stampfte mit hohen Schritten zurück zum Auto. Sie mochte nicht, wenn sie im Zuge der Ermittlungen von Tratsch überschüttet wurde. Sie wollte lieber mit Fakten ermitteln. Als die beiden am Auto waren, entschied Thekla:

»Bitte die Schuhe ausziehen! Ich hab im Kofferraum alte Zeitungen, darin wickeln wir sie ein. Zum Glück habe ich noch die Badelatschen hinten liegen, die ich eigentlich zur Altschuhabgabe bringen wollte. So kann ich wenigstens vernünftig Auto fahren.«

Es war spät geworden, als sie in Siegburg am Präsidium ankamen, wo Robert seinen Wagen stehen hatte.

»Heute war ein langer und anstrengender Tag. Erst die Ermittlungen im Fall des alten Brummer, dann noch das Skelett auf dem Feld. Ob das vielleicht irgendwie in Zusammenhang gebracht werden kann, werden wir morgen Vormittag in der Gruppe besprechen. Ich rufe gleich die Kollegen an. Wir treffen uns morgen dann erst um neun Uhr. Wir müssen uns erst einmal alle erholen. Da scheint noch verdammt viel Arbeit auf uns zuzukommen. Gute Nacht, - bis morgen«.

Robert nickte, »Geht klar, Chefin«. Er nannte sie manchmal so im Spaß. Jeder wusste, dass das nicht ernst oder mit sarkastischem Hintergrund gemeint war, obwohl Robert nach all der Zeit immer noch der Meinung war, er hätte zum Gruppenleiter ernannt werden sollen und nicht die erst nach ihm hinzugekommene Kollegin.«

Zuhause angekommen, war Thekla dermaßen müde, dass sie beschloss, ohne Essen sofort ins Bett zu fallen. Sie rief noch schnell die Kollegen an, um ihnen mitzuteilen, dass man sich morgen erst gegen neun Uhr im Büro treffen solle. Sie ging die Treppe hoch, ließ vor ihrem Bett alles fallen und sprang noch schnell unter die Dusche. Kurz dachte sie noch daran, ihren Vater, der viele Jahre, Leiter der Bonner Mordkommission war, zu fragen, ob er sich an einen unaufgelösten Fall erinnern könne. Im Bett kamen ihr noch kurze weitere Gedanken in den Sinn, welche sie aber nicht mehr zu Ende denken konnte. Der Schlaf kam schneller und sie fiel in einen fast komatösen Tiefschlaf....

*

Das Telefon holte Thekla aus den Träumen. Sie lag gerade, es muss wohl Frühling gewesen sein, im Wald auf einer Lichtung, in den Armen eines wundervoll aussehenden jungen Mannes. Er säuselte ihr liebevolle Worte ins Ohr, während die frühen Sonnenstrahlen an ihrer Nase zu spielen schienen und durch die Wipfel der Bäume zu ihr vordrangen. Sie waren beide angezogen, aber die Stimmung war sehr elektrisierend, ja geradezu voller erotischer Spannung. Ausgerechnet da klingelte das Telefon.

Wütend blickte Thekla in Richtung des Radioweckers.

»Au, Scheiße, ich wollte doch um neun Uhr im Präsidium sein«, dachte sie. Thekla warf die Decke zur Seite und versicherte sich, ob der liebevolle Jüngling nicht vielleicht doch bei ihr im Bett war. Das Haustelefon terrorisierte erneut. Nackt wie sie war, eilte sie die Treppe hinunter, ins Wohnzimmer.

»Ja, - Thekla Sommer.«

»Hallo Mama, - hab ich Dich geweckt«, hörte sie David leise sprechen. Sie kannte diesen Unterton an ihm. Entweder er brauchte Geld oder er hatte irgendetwas angestellt, was Mama wieder geradebügeln sollte.

»Nein mein Junge, - gut dass Du angerufen hast, ich hab nämlich verschlafen und eigentlich gar keine Zeit.

Was gibt es denn?«

»Ach, ist schon gut, Mama, ich kenne das ja, wenn Du keine Zeit hast, ruf ich später noch mal an.«

Thekla überkam wieder einmal ein schlechtes Gewissen. Seit sie im Siegburger Kommissariat war, hatte sie wegen Personalknappheit so manche Überstunde schieben müssen und die Familie darunter leiden lassen. Sie wollte das alles nicht, aber sie war auch mit Leidenschaft Polizistin. Ihr Privatleben litt schon so manches Mal darunter. Sie wusste das. Letztendlich war es bestimmt auch deswegen, weshalb sich ihr langjähriger Lebensgefährte, Bernd Lay, in eine damalige Kundin verguckt hatte. Wahrscheinlich war diese Tätigkeit bei der Kripo schuld daran, Sie wollte ihrem Beruf nicht die Schuld darangeben, dass er sich von ihr und seinem Sohn David getrennt hatte. Er hatte sich in der Nähe eine Wohnung gesucht. Da diese groß genug war und Platz für David hatte, war ihr lieber Sohn nach etwa neun Monaten, ebenfalls zu seinem Vater und dessen neuer Flamme, ausgezogen, die in seiner Nähe wohnen sollte.

»Komm schon, David, - natürlich hab ich Zeit für Dich. Was ist denn los, - Du klingst sehr bedrückt. Wo bist Du?«

»Du Mama, - kannst Du bitte Papa anrufen und ihm

sagen, daß er sich keine Sorgen machen soll«.

»Wie, keine Sorgen machen, was ist denn los? Und wo bist Du überhaupt? Warum sagst Du es ihm denn nicht selber?«

»Na, der ist doch mit Doris im Allgäu, im Urlaub, und Jana musste mit ihrem Vater in den Urlaub fahren, da sie sonst alleine zu Hause gewesen wäre. Na ja, - alleine nicht, ich war ja noch da«.

»Und jetzt, - warum soll sich Dein Vater keine Sorgen machen?«

»Na ja, - ich bin Jana an die Nordsee nach Norden nachgefahren.«

»Was bist Du«, Thekla verschluckte sich fast an einem Schluck Wasser, dass sie sich gerade während des Telefonates in ein Glas geschüttet hatte, »Du bist ihnen hinterhergefahren?«

»Ja Mama, wir haben uns doch so sehr ineinander verliebt und wollten im Urlaub endlich mal alleine sein, da hab ich es nach einer Woche nicht mehr ausgehalten und bin mit dem ICE hinterhergefahren.«

»Und, - haben sie Dich rausgeschmissen und Du willst jetzt Geld für die Rückfahrt?«

»Nein, ganz und gar nicht. Janas Vater hat uns in der Ferienwohnung zusammen in Jans Zimmer schlafen lassen.«

»Was hat er, - denkt er nicht an mögliche Folgen?«

»Mama, - beruhige Dich. Jana verhütet seit drei Monaten. Sie war mit ihrer Mutter beim Frauenarzt.«

»Jetzt muss ich aber los. Ach sag noch, wo wohnt Ihr denn in Norden.«

»Jana´s Vater hat eine Ferienwohnung >Im Distelkamp 23< gemietet. Ist toll hier.«

»Wo«, Thekla fiel fast das Glas aus der Hand, »das gibt´s doch gar nicht. Gleich nebenan wohnt eine Freundin von mir, >Distelkamp 21<. Sie hat mit mir die Polizeischule besucht und war auch mit mir auf dem Kommissar Lehrgang. Ann-Kathrin Klaasen. Die kannst Du ganz lieb von mir grüßen. Geh doch mal rüber und Klingel mal bei ihr.«

»Nee Mama, - bei aller Liebe, - aber ein Bulle in der Familie reicht mir. Das brauche ich nicht auch noch im Urlaub.«

Thekla musste laut lachen.

»Ist gut mein Schatz, - mach die keine Sorgen, ich rufe Deinen Vater an. Melde Dich bitte, wenn Ihr wieder hier seid.«

»Danke Mama, ...bist die Allerbeste und Küsssschen auf's Schnüsssschen.« Das sagte er immer, wenn er das erreicht hatte, was er wollte. Er war eben doch noch ihr Kind, - ein liebenswertes.«

Thekla wollte noch Grüße an Jana und ihren Vater ausrichten, - aber David hatte schon aufgelegt.

»Nun aber schnell«, spornte sich Thekla selber an.
Sie lief nach oben, Slip, Strümpfe, Bluse und Jeans
schnell angezogen und schon saß sie in ihrem Twingo,
um schnell ins Präsidium zu fahren. Bei der Abfahrt
merkte sie, dass sie in der Eile vergessen hatte, einen
BH anzuziehen. Aber sie wusste zugleich, dass ihr
stetes Lauftraining, am Fuße des Michaelsberg, dem
Wahrzeichen von Siegburg, ihren ganzen Körper,
straff erscheinen ließ. Thekla hatte also keinerlei
Befürchtung, dass man unter ihrer Bluse irgendetwas
bemerken würde.

»Ja, ich weiß«, entschuldigte sie sich, als sie das
Büro betrat, in dem die anderen bereits auf sie
warteten, »ich bin diejenige, die immer so sehr auf
Pünktlichkeit drängt und jetzt bin ich fünfzehn
Minuten zu spät. Ich habe verschlafen. Tut mir leid,
aber ich werde mich bemühen, demnächst etwas mehr
Nachsicht zu üben, wenn es einem von Euch passiert.«
»Das Ergebnis der Rechtsmedizin, im Fall des
Ackerfundes in Bornheim ist schon da. Da haben die
Kölner wirklich eine Nachtschicht eingelegt, um uns
schnell helfen zu können«, sagte Sybille schnell. Ihr
war es peinlich, dass sich die Chefin nun so in aller
Form entschuldigte. Schließlich war sie immer die

erste im Büro und die anderen trudelten nach und nach ein.

Thekla bemerkte, dass Sybille ihr zur Seite stehen wollte und blinzelte ihr mit einem Auge zu.

»Na, dann wollen wir mal sehen.« Thekla nahm das mehrseitige Fax, dass die Kollegen der Rechtsmedizin erst einmal auf schnellstem Wege zugeschickt hatten. Wie immer würde das Ergebnis dann offiziell per Post nachgereicht.

»Wir haben uns erlaubt, schon einmal reinzuschauen. Wir waren neugierig«, sagte Peter Ludwig kleinlaut.

»War gut so«, entgegnete Thekla. Dennoch studierte sie jetzt sorgfältig den Befund der Knochenanalyse, der Rechtsmedizin.

»Hm, - es waren also Menschenknochen, die gefunden wurden und bereits dreißig bis vierzig Jahre dort vergraben lagen. Das Geschlecht ließ sich nicht mehr feststellen.«

»Wo sollen wir ansetzen?«, fragte Robert.

»Da können wir nichts machen, außer auf den Kommissar Zufall warten, der bei Befragungen der Alteingesessenen kommen könnte«, entgegnete Thekla.

Robert meldete sich. »Was mich wundert ist, was der Bauer gestern auf dem Feld sagte. Das Feld wurde seit etwas mehr als dreißig Jahren von dem Brummer nicht mehr bewirtschaftet. Angeblich war der Ertrag der Ernte in keiner Relation zum Aufwand der Bewirtschaftung.«

»Das kann ich mir aber irgendwie nicht vorstellen«, warf Peter Ludwig ein, »der Bornheimer Spargel ist in ganz Deutschland als besonders hochwertig angesehen. Warum sollte gerade dieses Stück, nahe der Autobahn, keinen guten Ertrag bringen. Meines Wissens sind die kilometerweiten Felder, teils mit Erdbeeren, teils mit Spargel angebaut, alle sehr ertragreich und von bester Bodenqualität. Sie gedeihen alle bis an die angrenzende Autobahn.«

»Genau darauf sollten wir unser erstes Augenmerk in dieser Sache richten. Robert und ich fahren gleich noch einmal zu den Brummers, um noch Fragen zu klären, die mir gestern nicht klar genug beantwortet wurden. Zum Beispiel, warum die Abwesenheit des Herrn Brummer erst bemerkt wurde, als die Kollegen der Bornheimer Dienststelle am Tag des Leichenfundes, dort vorstellig wurden? Gleichzeitig werden wir nach den genauen Umständen fragen, warum dieses ominöse Feld brach lag. Gibt es vielleicht ein Familiengeheimnis?«, Thekla schaute fragend um sich und fügte hinzu, »Sybille, Du recherchierst bitte, ob es in dem in Frage kommenden

Zeitraum irgendwelche offenen Fälle der Bonner Kollegen gegeben hat. Peter, - fahre doch mal bitte die umliegenden Bauern in der Gemeinde ab, um nachzuhören, ob es irgendwelche Geschichten aus früheren Zeiten gibt, wo etwas gemunkelt wird, woraus wir Rückschlüsse ziehen könnten.«

»Gemunkelt?«, Peter Ludwig fragte ungläubig nach, »gehen wir nicht mehr nach Fakten?«

»Wir müssen doch irgendwo ansetzen, und wenn es nur Gemunkel ist.« Thekla schien etwas genervt. Zuerst verschlafen, dann der Anruf von David, weiterhin der nichts aussagende Befund der Knochenuntersuchung und nun noch der Kommentar ihres Kollegen.

Alle verließen das Büro, um die jeweils aufgetragenen Ermittlungen zu beginnen.


Petra Scholz, die Haushälterin der Brummers, öffnete das große Eisentor mit dem Drücker vom Haus aus. Ein leises Summen am Tor zeigte Thekla, dass sie dagegen drücken konnte, um es zu öffnen. Nun standen Robert und sie vor der Haustüre.

»Guten Morgen«, begrüßte Thekla die schweigsame Haushälterin.

»Guten Morgen Frau Kommissarin, - wir kennen uns noch von gestern«.

»Ja, ich erinnere mich, - Frau Scholz, nicht wahr?«

»Ja genau, ich bin hier Haushälterin seit fast 40 Jahren. Herr Brummer, Gott hab ihn Seelig, hat mich mit seiner damaligen Ehefrau, hier eingestellt. Es war für mich all die Jahre eine schöne Zeit. Nun kann ich aber nicht mehr so recht und die jungen Leute hier möchten eine neue Haushälterin. Gestern war ein Bewerbungstag angesetzt. Aber leider ...«, Frau Scholz schluchzte in ihr Taschentuch.

»Wir hätten da noch ein paar Fragen an die Herrschaften hier«, Robert zeigte ins Haus rein.

»Hier ist heute keiner. Ich bin alleine im Haus, so wie immer. Die sind alle im Betrieb und auf den Feldern. Wir haben Hochsaison im Spargelstechen. Die Herrschaften beaufsichtigen die vielen Erntehelfer aus Polen und Rumänien. Viele von denen kommen schon in zweiter Generation hier zu den Brummers. Leonhard Brummer war als sehr sparsamer Geschäftsmann bekannt, aber was die Entlohnung der fremdländischen Hilfskräfte anbelangte, war er immer der Meinung, man müsse ihnen zehn Cent pro Stunde mehr bezahlen, als üblich war. Er meinte, ohne diese treuen und ehrlichen Arbeitskräfte, wäre er nie zu solch einem Wohlstand gekommen. Daran sollten auch diese Leute teilhaben.«

»Wie viele Leute sind denn ungefähr bei den

Brummers beschäftigt?«, wollte Robert wissen

»Genau kann ich Ihnen dass nicht sagen«, entgegnete Frau Scholz, »da müssen Sie schon die Herrschaften hier fragen, aber ich denke es werden in der Spargel- und Erdbeersaison, schon so an die hundert bis Hundertzwanzig sein.«

»Was, - so viele«, fragte Thekla verwundert.

»Brummers gehören hier die meisten Felder der Gemeinde. Der Herr Brummer war schon ein sehr reicher und angesehener Mann.«, sagte die gute Dame, »aber auch ein sozial eingestellter Mensch. Mich hat er all die Jahre umsonst in einer seiner kleinen Wohnungen, hier am Ende der Straße wohnen lassen. Ich weiß nicht was jetzt aus mir werden wird, - wo ich doch hier aufhören werde.«

»Hier war gestern auch die Enkeltochter, Larissa, wohnt sie auch hier im Haus?«

»Nein, sie lebt mit ihrem Verlobten in Alfter. Seit ihrem Studium hat sie sich hier abgekapselt und kam nur noch manchmal ihren Opa besuchen. Sie hatten ein sehr inniges und liebevolles Verhältnis.«

»Wissen Sie die Adresse?«, wollte Thekla wissen.

»Nein, leider nicht, das muss irgendwo in Oberdorf sein, bei den Neubauten«.

»Kein Problem, Danke Frau Scholz, für Ihre Auskunft.« Die beiden waren schon fast wieder am

Gartentor, da drehte sich Thekla nochmal um.

»Ach Frau Scholz, eine Frage noch. Wann haben Sie denn Herrn Brummer das letzte Mal gesehen?«

»Das war einen Abend vorher. Ich verließ das Haus so gegen zwanzig Uhr, als das Abendessen abgeräumt und das Geschirr in der Spülmaschine war. Am nächsten Morgen traf ich Herrn Brummer nicht an. Ich vermutete, er sei mit seinem Wagen, einem weißen Jaguar, schon zu früher Stunde weggefahren. Der Wagen steht nämlich normalerweise immer draußen unter dem Carport. Herr Brummer konnte nicht mehr in die Garage reinfahren. Die war ihm zu eng, bei all den Sachen die darin lagerten. Erst am Nachmittag sah ich dann, wie Frau Brummer, also die Schwiegertochter des Herrn Brummer, den Wagen aus der Garage wieder unter das Carport fuhr.«

»Ah,- vielen Dank für die Auskunft und auf Wiedersehen.«

Thekla winkte der Frau noch einmal zu, bevor diese wieder im Haus verschwand.

»Interessante Hinweise, die wir da bekommen haben«, meinte Thekla, als sie in Richtung Wagen gingen.

Gerade als sie die Türe öffnete, klingelte das Handy.

»Eine Bornheimer Vorwahl«, sagte sie irritiert in Richtung Robert.

»Hier Thekla Sommer«, meldete sie sich.

Hier Doris Küster, die Schwiegertochter von Leonhard Brummer, - also, Sie wollten wissen, wann die Testamentseröffnung ist. Am Montagvormittag wird die Beisetzung auf dem Friedhof in Roisdorf, gegenüber der Tankstelle, sein und am Nachmittag haben wir einen Termin bei der Rechtsanwaltssozietät Panic, in Bonn, zur Testamentseröffnung, um fünfzehn Uhr.«

»Danke für die Information, - ach eine Frage noch, - wo wohnt ihre Tochter Larissa?«

»Wieso Larissa, - die hat doch gar nichts damit zu tun?«

»Der Form halber müssen wir auch sie befragen.«#

»Auf dem Stutenhof 3a, in Alfter.« sagte Frau Küster, sehr unwirsch.

»Danke, - wir sehen uns dann morgen«. Thekla drückte den roten Knopf ihres Handys.

»Unfreundliche Person«, meinte sie, zu Robert gewandt.

Sie stiegen ein und fuhren zu der angegebenen Adresse in Alfter. Dort angekommen sahen sie ein altes Gehöft, das umgebaut und mit neuer Außenfassade versehen, in kleinere, farblich und baulich unterschiedliche Einheiten, unterteilt war.

»Extravagant, aber schön«, war Roberts erster

Eindruck.

Sie klingelten an der Tür mit der, in blauer Tonplatte, weiß abgesetzter Nummer drei.

Ein junger Mann, so Ende zwanzig, öffnete die Tür.

»Guten Tag. Thekla Sommer, Kriminalpolizei Siegburg, das ist mein Kollege Robert Hanf. Wir würden gerne Frau Larissa Küster sprechen«.

»Sie ist nicht da, - sie ist in der Uni.«

»Und wer sind Sie?«, Robert schien genervt von dem etwas überheblich wirkenden Mann.

»Jonas Breuer«, der Verlobte von Larissa.

»Was studiert Ihre Verlobte denn?«, wollte Thekla wissen.

»Medizin, sechstes Semester, an der Uni Bonn, war's das?« Herr Breuer wollte gerade wieder die Türe schließen.

»Moment mal«, Thekla erhob ihre Stimme, wobei sie die Konsonanten etwas in die Länge zog, »was machen Sie denn eigentlich beruflich und wo waren Sie in der Nacht zu vorgestern?«

Zögerlich öffnete er wieder die Tür und schaute in das breit grinsende Gesicht von Robert Hanf. Hatte seine Chefin diesem Schnösel doch mal gezeigt, was eine Harke ist.

»Ich bin staatlich geprüfter Krankenpfleger und Altenbetreuer in einem Kölner Wohnstift. In der Nacht zu vorgestern war ich hier mit Larissa. Sie wird das bestätigen können.«

»Gut, - dass werden wir abklären. Sind Sie und ihre Verlobte auch morgen bei der Beisetzung dabei?«

»Ja selbstverständlich, auch anschließend bei der Testamentseröffnung. Obwohl alle wissen, was darinsteht«, meinte Breuer.

»Wie darf ich das verstehen, alle wissen es?«.

»Na, die Kinder vom Alten waren dabei, als er, er war gerade siebzig geworden, sein Testament vor dem Notar hat aufsetzen lassen. Er hat seinen Kindern bereits vor vielen Jahren den Betrieb und alles was dazu gehört, überschrieben. Ebenso das Haus, in dem sie wohnen und die kleinen Wohnungen in der Nähe der Villa. Das Barvermögen soll unter seinen Kindern und der Enkelin, gedrittelt aufgeteilt werden.«

»Und über welchen Betrag an Barvermögen reden wir hier, so in etwa?« fragte Thekla vorsichtig nach.

»zwei Komma fünf Millionen Euro, in etwa. Wie ich gehört habe, hat der alte Brummer in den Siebzigern ein großes Stück Land, irgendwo zwischen Bornheim und Brühl an das Land NRW verkauft. Die wollten damals einen Zubringer zur Autobahn bauen, - was sich aber wohl irgendwie wieder zerschlagen hatte. Brummer jedenfalls hatte das Land sehr günstig wieder auf Jahre hinaus pachten können. Dadurch hatte er damals zig Millionen D-Mark einstreichen können. Das hatte damals mächtig Wirbel unter den anderen Landwirten gegeben, wie ich hörte. Darin ist vielleicht ein Motiv zu suchen?«

Robert pfiff durch die Zähne und Thekla musste stark Luft holen. Eine bare Erbmasse von rund zwei Komma fünf Millionen Euro. Sie staunten nicht schlecht.

»Na dann, vielen Dank für die Auskunft, - wir sehen uns am Montag beim Notar«, sagte Thekla und drehte sich zum Gehen um.

»Kommen Sie auch?«, fragte Larissas Verlobter.

»Und ob, - bei Mord und einem Vermögen dieser Größenordnung, - bestimmt.«

Die Kommissare verabschiedeten sich.

»Wenn man da nicht von einem Motiv sprechen kann?«, sagte Thekla.

»Ich würde sagen, von zwei Komma fünf Millionen«, bestätigte Robert.

Sie fuhren in Richtung des Polizeipräsidiums in Siegburg. Mal hören, was die Kollegen so an neuen Informationen zusammengetragen hatten.


Peter Ludwig hatte nicht so viel Gutes über den Verstorbenen zu berichten, wie die Haushälterin am

Vormittag, Thekla erzählt hatte.

Er hatte bei den Landwirten in der Umgebung Bornheims meist nur zu hören bekommen, dass der alte Brummer an den meisten Hauptstraßen der Umgebung, die besten Plätze mit Verkaufsständen versehen hatte. Hier war für die meisten der anderen kein gutes Geschäft mehr zu machen. Auch die kleinen Lebensmittelläden, die in privater Hand waren, belieferte Brummer mit seinem Spargel und seinen Erdbeeren, zu Preisen, die meistens zwanzig Cent unter dem waren, die man als kleiner Anbauer für seine Ware nehmen musste, um überleben zu können. Wenn man so wolle, hätte jeder zweite ein Motiv gehabt, einen solchen Mann um die Ecke zu bringen. Jedoch, - warum sollte man dies jetzt tun, wo der Mann doch schon zweiundachtzig Jahre alt war und die Betriebe doch schon lange von seinen Kindern geführt wurden. Hier war, in den Augen von Peter Ludwig, das Motiv und die Ausführung der Tat, nicht zu suchen.

»Na ja«, meinte Thekla, als sie den Bericht zu Ende gehört hatte, hier ist aber immerhin ein über Jahrzehnte gewachsener Groll erkennbar. Man sollte eine solche Wut nicht unbedingt auf Seite schieben.«

Sybille Salz konnte zu dem Fund der skelettierten

Knochen nichts beitragen. Sie war in der Bonner Mordkommission. Dort hatte man in den ungeklärten Vermisstenfällen der letzten Jahrzehnte, keine brauchbare Spur finden können. Auch bei den Kölner Kollegen hatte man nachgefragt, aber es hatte dort auch nichts vorgelegen, was Erfolg hätte versprechen können. Die Kollegen aus Bonn einigten sich mit Sybille darauf, dass sie nun eine landesweite Nachfrage, in NRW, starten wollten. Irgendwo hätte doch jemand in dem Zeitraum, als vermisst, gemeldet werden müssen, der nicht nach einiger Zeit wieder aufgetaucht war.

Thekla überlegte, ob sie in dieser Angelegenheit nicht mal bei ihrem Vater nachfragen solle. Er war ja schließlich lange Jahre in leitender Position im Bonner Kommissariat tätig. Vielleicht erinnerte er sich an einen ungelösten Vermisstenfall. Obwohl das schon einige Jahrzehnte her war, hatte er eventuell noch etwas in Erinnerung. Gleich übermorgen, am Sonntag, wolle sie ihm und seiner Franziska, einen, diesmal angemeldeten Besuch, abstatten. Er würde sich sicherlich freuen, seine Tochter mal wieder für ein paar Stunden bei sich zu haben.

*

Zuhause angekommen war Thekla froh, etwas Erholung zu haben und die unterbrochenen Urlaubstage durch das bevorstehende Wochenende weiterzuführen. Schnell wollte sie noch Bernd, ihren Ex, anrufen, um ihm die Neuigkeit von David zu erzählen.

»Bernd Lay!«, meldete er sich, kurz angebunden. Wahrscheinlich war seine neue Freundin, diese Schlampe, die ihrer sechzehnjährigen Tochter die Pille besorgt hatte, in der Nähe.

»Wieso so förmlich?«, fragte Thekla erstaunt, »Du siehst doch meinen Namen im Handy, oder musstest Du meine Nummer löschen? Eifersüchtig, Deine Neue, - was?«

»Was gibt´s denn? ich bin im Urlaub«.

»Du, ich wollte Dir eigentlich nur etwas über Deinen Sohn berichten«, war Thekla´s Antwort.

»Er hat mich schon angerufen und gesagt, was für ein Loser er ist, so einfach der Jana hinterher zu fahren, anstatt sie mit ihrem Vater mal alleine sein zu lassen«.

»Oh, wie bist Du denn drauf?«, Thekla wunderte sich über die ruppige Art ihres Ex, so hatte sie ihn gar nicht in Erinnerung, »hat Dich Janas Mutter aufgehetzt? Schließlich ist David auch Dein Sohn, mit Deinen Genen und teilweise auch Deiner Erziehung«.

»Wie dem auch sei, - ist sonst noch was?«, fragte er schnippisch.

»Nein, danke der Nachfrage. Schönen Urlaub noch.« Thekla wollte es sich nicht nehmen lassen, die letzten Worte betont freundlich ins Telefon zu flöten. Langsam schien er zu merken, was er an der Neuen hatte, und was er verlassen hatte.

Gerade hatte Thekla das Gespräch beendet, klingelte das Handy schon wieder. Ihre Freundin Sylvia war am Apparat.

»Hey Süße«, begrüßte Thekla die Freundin.

»Hallo Liebste«, sagte Sylvia, »ich wollte mal hören, wie es Dir so geht. Hast Du gerade etwas Zeit?«

»Ja, ja, es geht. Ich hatte nur gerade so ein komisches Gespräch mit meinem Ex, wegen David. Wie geht's Dir denn? Hattest Du nach unserem Saunabesuch noch eine schöne Zeit?«

»Ja Du, bin ganz relaxt. Und was macht Dein dringender Fall? War's wirklich so eilig, dass man Dich aus dem Urlaub holen musste?«

»Oh ja, ziemlich knifflige Angelegenheit. Kann ich aber nichts zu sagen. Bin jetzt auch ziemlich fertig und freue mich auf's Wochenende.«

»Dann hast Du wohl keine Zeit? zusammen Essen, beim Griechen?«

»Sylvia, sei mir bitte nicht böse, aber ich bin ziemlich erschlagen und am Sonntag wollte ich zu meinem Vater nach Bornheim. Der Kontakt ist ganz plötzlich und zufällig wieder zustande gekommen. Ich freue mich sehr darüber und habe mir vorgenommen, diesen Vater-Tochter Kontakt jetzt, wo Bernd weg ist, wieder richtig eng werden zu lassen.«

»Da freue ich mich aber für Euch, - toll. Na ja, dann sehen wir uns bestimmt auch bald?«

»Ganz bestimmt sogar. Vielleicht mal zwischendurch auf einen leckeren Amarettobecher oder ein Eiskaffee?«

»Genau das machen wir. Bis dann mal«, verabschiedete sich Sylvia.

»Tschüss meine liebe«, verabschiedete sich auch Thekla,

»Jetzt noch eine Kleinigkeit von der Pizzeria an der Ecke kommen lassen und dann ins Bett«. Mit diesen Gedanken wählte sie auch schon die Nummer des Bringservices.

## Drittes Kapitel

Sven Pertersen war an diesem Samstag schon früh auf den Beinen. Er wollte sich beeilen, um die Fahrt von Aurich über die Bundesstraße 72 über Marienhafe und Norden, noch nach Greetsiel zu fahren, bevor die Touristenlawine aus der Mitte Deutschlands, die Strecke an die Nordsee befuhr. Am Wochenende war hier in Ostfriesland, dem schönsten Teil Deutschlands, wie die Ostfriesen immer sagten, immer die Hölle los. In den Sommermonaten waren hier alle Hotels, Pensionen und auch Ferienwohnungen, meist zu neunzig Prozent ausgebucht. In Greetsiel, einem alten Fischerort, fünfzehn Kilometer von Norden entfernt, das bereits im Jahre 1388 urkundlich erwähnt wurde, wollte Petersen sich mit seinem Großneffen, einem begnadeten Fischer, der immer noch in der Morgendämmerung auf's Meer hinausfuhr um an bestimmten Stellen seinen Fisch zu fangen, treffen. Petersen hatte bei ihm frischen Fisch bestellt, um mit Freunden am heutigen Nachmittag, in feuchter Bierlaune, über offenem Feuer zu grillen.

Gegen zehn Uhr fuhr er, an den als Wahrzeichen anzusehenden zwei Windmühlen, die rechts und links der Ortseinfahrt standen, vorbei. Zuvor hatte er das EU-Vogelschutzgebiet, das aus Schlick- und Röhrichtflächen bestand und an den Nationalpark Niedersächsisches Wattenmeer grenzte, durchfahren. Sein Großneffe, Hein Harnsen war schon dabei, seinen Kutter zu entladen.

»Moin moin«, begrüßten sich die beiden.

»Na, guten Fang gehabt?«, fragte Petersen.

»Jo«, sagte sein Großneffe, »da drüben liegt Deine Bestellung. Leg mir etwas Kleingeld unter den Stein da drüben«.

»Allet klor«, rief Petersen gegen die steife Brise, die von der Nordsee hereinzog.

Beide hoben die Hand.

»Bis denn«, sagte Petersen.

Hier an der Nordsee verstand man sich auch ohne viel Worte, - man redete nicht viel.

In Norden, wo er nachmittags zum Grillen verabredet war, parkte er sein Auto sein Auto auf der Straße >Am Markt<, am alten Friedhof, der inmitten eines riesigen Parks mit sehr altem Baumbestand, gelegen war. Von hier aus waren es nur einige Meter bis zur Ostraße, dem Anfang der Fußgängerzone von Norden. Hier wollte er in das Café, in dem es so leckeren Marzipan gab. Besonders liebte er die kleinen, in Cellophan verpackten, Seehunde, aus weißem

Marzipan, einer Spezialität dieser Bäckerei und Confiserie. Er bestellte Rührei mit Krabben, zwei Brötchen dazu und eine große Tasse Kaffee. Dies genoss er vor dem Ladenlokal unter der dort angebrachten Markise.

»Welch ein schöner Tag«, dachte er beim Genuss seines, wenn auch späten, zweiten Frühstücks. Nach einer zweiten Tasse Kaffee und dem Genuss seiner alten Pfeife, die er sich manchmal nach dem Essen gönnte, bezahlte er und fuhr in Richtung >Distelkamp 21<, etwa zwei Kilometer entfernt, am Rande von Norden. Hier war er zum Grillen, bei seinem Bosselfreund, einer speziellen Sportart, die in Ortsfriesland auf den Straßen der Ortschaften mit Holzkugeln, gespielt wurde, eingeladen. Hierfür war er so früh aufgestanden und hatte den fangfrischen Fisch besorgt. Ann-Kathrin Klaasen, die bekannte Kommissarin aus Aurich, bewohnte hier mit ihrem Freund und Berufskollegen, Frank Weller, ein kleines Häuschen.

»Moin«, rief Frank zur Begrüßung, Richtung Carport, als Petersen eintraf.

Kaminski, der gerade den Müll aus seiner angemieteten Ferienwohnung nach draußen zur Mülltonne trug, fühlte sich angesprochen.

»Moin«, rief er zurück. »Was für ein schöner Tag

heute? Nicht wahr?«

Frank Weller drehte sich erstaunt um. Auch Ann-Kathrin, die gerade auf die Terrasse trat, wirkte verdutzt.

»Ach, Herr Nachbar,- hast Du nicht Lust mit Deiner Tochter heute Nachmittag zum Grillen zu kommen?«, fragte Ann-Kathrin.

»Das ist ja eine Überraschung«, entgegnete Kaminski, Janas Vater, »das trifft sich gut, - gestern Abend haben wir noch über Euch gesprochen. Janas Freund, Daniel Sommer, ist uns überraschend nachgereist und nun zu Besuch, so lange wir noch hier sind, bleibt er hier. Das ist übrigens der Sohn einer Kollegin von Dir, aus Siegburg. Ihr müsstet zusammen die Polizeischule und den Kommissar Lehrgang im Ruhrgebiet besucht haben. Thekla Sommer, - erinnerst Du Dich?«

»Ach, Thekla, - ja klar erinnere ich mich«.

Sie drehte sich um, und Tränen kullerten ihr über die Wangen.

Weller erkannte das sofort und ging, ohne sich um den ankommenden Sven Petersen zu kümmern, zu seiner Lebensgefährtin. Sofort war ihm klar, warum sich Ann Kathrins Stimmung so schnell geändert hatte. Wenn sie ans Ruhrgebiet erinnert wurde, wurde sie auch immer an den Tod ihres Vaters erinnert. Er war auch Kriminalkommissar und wurde damals bei einem Banküberfall mit Geiselnahme, im Ruhrgebiet erschossen. Ann Kathrin hatte das bis heute nicht verkraftet und war während ihrer gesamten bisherigen Polizeitätigkeit, immer noch insgeheim auf der Suche des Mörders ihres Vaters, - inoffiziell.

Als Janas Vater wieder in die Wohnung kam und den beiden Verliebten mitteilte, dass sie heute zum Fischessen bei den Kommissaren nebenan eingeladen seien, meinte David nur, mit erhobenen Händen und kopfschüttelnd:

»Ohne mich, - ein Bulle in der Familie reicht mir. Das brauch ich nicht auch noch in meiner Freizeit«.

Jana lehnte sich liebevoll und grinsend an Davids Schulter.

\*

Den Samstagvormittag hatte Thekla genutzt, um endlich mal wieder frische Sachen einzukaufen und ihren Wochenvorrat aufzufüllen. Auch die Getränke mussten nachgekauft werden, besonders der Rotwein, den Thekla aus ihrem letzten Urlaub, in der Toskana, so genossen hatte. Diesen gab es in einer Weinhandlung in Siegburg am Marktplatz, den sie dort immer nachbestellte. Der Weinhändler kannte Thekla mittlerweile als Stammkundin und er hatte selbstverständlich diesen guten Tropfen in sein Sortiment mitaufgenommen und achtete darauf, immer bevorratet zu sein, da auch andere Kunden gerne etwas Besonderes genossen. Thekla schlenderte durch die Fußgängerzone, vorbei am Kaufhof, den ansässigen Boutiquen und der Siegessäule, die auf dem Marktplatz stehend, als Kriegerdenkmal an die gefallenen Soldaten in den deutschen Einigungskriegen 1866 und 1870, gefallen waren, erinnern sollte.

Der Magen meldete sich und so ging Thekla quer über den Marktplatz, in eine kleine Gasse, in der sich ein kleines österreichisches Restaurant, im Keller eines historischen Hauses befand. Hier waren sie schon öfter essen gewesen, als Bernd noch bei ihr wohnte. Bernd war ein Liebhaber der österreichischen Küche. Sie bestellte eine der Spezialitäten. Der Koch bereitete sensationelle Wiener Schnitzel zu. Der Teller war wie immer, ganz belegt vom hellbraun, in Butterschmalz ausgebratenem, flach geklopftem, aus Kalbfleisch zu einem Schmetterlingsschnitzel geschnittenem Stück besten Fleisches. Dazu gab es einen kleinen Salat mit hauseigenem Dressing. Thekla wählte ein Glas Mineralwasser und als Abschluss einen Abteilikör, einer in der Benediktiner Abtei des Siegburger Michaelsberg, hergestellten Spezialität, der dort lebenden Mönche. Nach diesem genussvollen Mahl freute sich Thekla auf einen entspannten Nachmittag in ihrem Liegestuhl auf der kleinen Wiese, hinter ihrem gemieteten Häuschen in Siegburg, Ortsteil Stallberg.

Sie hatte es sich gerade, in der kleinen Ecke ihres dreißig Meter langen und acht Meter breiten Grundstücks, auf das um diese Uhrzeit noch die Sonne schien, bequem gemacht. Ihr freundlicher Nachbar hatte ihr am Vormittag noch den Rasen gemäht. Er war ein leidenschaftlicher Gartenfreund und half der angenehmen Nachbarin gerne bei Fragen zu Bepflanzungen, insbesondere aber beim Rasen mähen.

Sie hatte gerade das letzte Buch eines Bekannten, dem Autor Andre Guter, >Ein liebevolles Geschenk<, aufgeschlagen, da klingelte es an der Haustüre. Etwas genervt legte sie das Buch zur Seite und ging ins Haus. Es klingelte schon wieder.
»Wer hat denn da keine Geduld?«, dachte sie, bevor sie die Haustüre öffnete.
»Robert Hanf, - mein Lieblingskollege«, frotzelte sie

etwas, um ihn möglicherweise unsicher zu machen, »was führt Dich denn hierhin? Du warst noch nie hier.«

»Hallo Thekla, - ich war gerade mit dem Rad unterwegs«, er zeigte auf sein Mountainbike, das er sorgsam am Gartentor angekettet hatte, »wie Du weißt, wohne ich nur knapp drei Kilometer von hier entfernt. Mir geht der Fall Brummer, insbesondere auch der Knochenfund auf dem Feld, einfach nicht aus dem Kopf«

»Das geht mir auch so, - es kamen mir auch immer wieder zwischendurch Gedanken in den Kopf«

»Ja«, sagte er zögernd, »da war ich gerade auf meiner Fahrradrunde und dachte, einfach mal bei Dir vorbeizuschauen, um mich mit Dir über diesen Fall, auszutauschen.«

»Das ist eine prima Idee von Dir. Ich bin zwar eben erst vom Einkaufen zurück, habe jetzt aber nichts mehr vor, - komm rein.«

»Sollen wir nach hinten in den Garten? Ich mach uns einen Kaffee. Oder ...?«

»Gerne, danke«, Robert wirkte unbeholfen. Schließlich hatte er sich jetzt quasi selber bei seiner Chefin eingeladen.

Zwischen einem Holunderbusch und einem Jasminbusch, der an einer Wand an einem Gitter befestigt, hochrankte, nahm Robert in einer aus Palisanderholz bestehenden Sitzgruppe mit buntem Sitzkissen, Platz.

Sie unterhielten sich über die Familie Brummer und die neidischen Landwirte auf den Nachbarhöfen. Weiterhin sprachen sie über die treu dienende Haushaltshilfe, Frau Scholz, und über den oder die Tote, deren Knochen jetzt nach rund dreißig Jahren gefunden wurden. Als die Sonne unterging fragte Thekla, obwohl über Dienstliches gesprochen wurde, ob sie nicht drinnen weiterreden wollten.

»Ich hab heute neuen Wein gekauft, den solltest Du probieren. Du kannst ja notfalls Dein Fahrrad nach Hause schieben, wenn der Wein Dir Kopfsausen bereiten sollte«, lächelte Thekla, als sie das Wohnzimmer betraten.

»Hübsch hast Du es hier«, versuchte Robert das Gespräch weiter zu führen.

»Danke, - hier ist die Flasche. Kannst du sie schon öffnen? David hat doch noch Kekse in seinen im Schrank versteckt.

David war vor etwa zwei Wochen bei seiner Mutter aufgetaucht. Angeblich hatte er noch ein Cappy von PUMA in seinem Schrank vergessen. Als Thekla ihn ansprach, was er da in der Dose mit nach oben nehmen würde, sagte er verlegen:

»Ach, das sind Kekse. Eine Überraschung zu Janas Geburtstag. Die haben Kumpels selber gebacken, die müssen aber eine gewisse Zeit liegen, damit sie einen guten Geschmack annehmen«

Diese Kekse wollte sie jetzt holen und zum Wein anbieten. Schließlich war Robert ihr Gast. Als die Gläser gefüllt waren und man sich zugeprostet hatte, bemerkte Robert:

»Ein guter Tropfen, aus welcher Region?«

»Der wächst in der Toskana, mein Weinhändler, am Siegburger Markt, besorgt ihn".

»Echt lecker, - ob die Kekse dazu passen?«

»Du, - das weiß ich nicht, - sind wohl von Davids Kumpel, selbst gebacken worden«

Thekla öffnete lächelnd die Dose mit den Worten »Er wird mir schon verzeihen. Ich kauf ihm neue.«

Etwas komisch roch es schon, als der Deckel geöffnet wurde, aber Robert griff direkt zu. Er schien hungrig zu sein.

»Soll ich lieber ein Schnittchen machen?«, fragte Thekla, den hungrig erscheinenden Kollegen.

»Nein, nein, - passt schon. Hm, die sind echt lecker. Kein bisschen süß, - genau richtig«.

Thekla probierte.

»Etwas muffig«, dachte sie, »aber die passen zu dem Wein«.

Sie erzählten und lachten. Dabei merkten sie gar nicht, wie die Zeit verging.

Knapp zwei Stunden später war die Flasche Wein leer, - und die Keksdose auch.

*

Mit Kopfschmerzen wachte Robert wieder auf. Mit geschlossenen Augen dachte er daran, dass er bei Thekla war und sie zusammen Wein getrunken hatten. Am Wein kann es sicherlich nicht gelegen haben, Thekla kauft diesen Wein doch öfter. Er traute sich nicht die Augen zu öffnen, da er Angst vor dem stechenden Augenschmerz hatte, den das Sonnenlicht im Zimmer auslösen könnte. Er schlug die Decke zur Seite und setzte sich nackt wie er war, immer noch mit geschlossenen Augen, auf die Bettkante.

»Es hilft alles nichts«, dachte er, « Du musst ins Bad und aufs Klo.«

Langsam blinzelte er, bevor er dann mutig die Augen öffnete.

»Nanu?«, dachte er, »wo ist denn dein Kleiderschrank und der Korb mit deinen schmutzigen Sachen?«

Jetzt erst merkte er, dass er gar nicht zu Hause war. Er drehte sich blitzartig um.

Nun erwachte auch die nur halb zugedeckte, auf dem Bauch liegende Frau, mit der er die Nacht verbracht haben musste. Als sie sich umdrehte und den nackten Robert auf ihrem Bett sitzen sah, kreischte sie laut los.

»Rooobert, was um Gottes Willen machst Du in meinem Bett und wieso bist Du nackt?«

Thekla hob die halb auf ihr liegende Decke hoch und schaute darunter. Sie erschrak heftig.

»Haben wir?«, sie traute sich nicht, den Satz zu vollenden. Schon der Gedanke daran war alles andere als lustig.

»Hast Du die Situation ausgenutzt?«, ihre Worte überschlugen sich, wobei ihr Kopf wie ein Schlaghammer auf einem Amboss dröhnte.

»Welche Situation? Ich bin genauso überrascht wie Du«. gab er erschrocken zurück.

»Aber jetzt muss ich erst mal dringend ins Bad. Immer noch nackt sprang er auf. Thekla musste sich, ob sie wollte oder nicht, kurz seine Männlichkeit anschauen, bis er sich rasch umdrehte und ins Bad lief.

»Eigentlich gar nicht so übel«, dachte sie, als sie ihn von hinten sah mit seinen breiten Schultern und dem knackigen Po. Sie erschrak bei dem Gedanken.

»Es ist dein Arbeitskollege« versuchte sie sich selber zur Raison zu bringen.

Was war nur geschehen. Der Wein war doch noch nie schlecht, seit all den Jahren.

Plötzlich, Robert kam gerade mit einem Handtuch um die Hüften aus dem Badezimmer, schlug sie sich mit der flachen Hand vor die Stirn.

»Robert«, rief sie laut, »das waren die Kekse«

Robert schaute wie ein Kätzchen, dass einer tanzenden Maus begegnet.

»Wie, - was meinst Du?«

»Na, die selbstgemachten Plätzchen. Das waren Haschkekse, deshalb waren sie auch nicht süß und passten gut zum trockenen Wein.«

Jetzt endlich verstand auch er, worum es ging. Beide fingen laut an zu lachen.

»Deshalb waren wir auch so lustig und gut drauf. Dass es so«, Thekla zeigte aufs Bett, »geendet hat, das hat ja keiner geahnt«

Sie erschrak erneut, als ihr bewusst wurde, dass sie auch nackt war.

»Wir haben doch nicht etwa, - oder?«

»Also, ich weiß von nichts mehr«, sagte er und fügte lächelnd hinzu, »schade eigentlich«.

Thekla warf ihm ein Kissen entgegen und lachte.

»Na dann dreh Dich mal bitte um, - ich möchte auch aufstehen.«

»Meinst Du nicht, wir haben uns heute Nacht zu

genüge nackt gesehen?« , fragte er amüsiert.

»Roobert ...«, war die Antwort.

»Oh«, dachte er, - »sie zog den Konsonanten wieder, das hieß nichts Gutes«. Er drehte sich um und hielt noch die Hände vor die Augen. Dabei fiel ihm das Handtuch auf den Boden, das er sich um die Hüften gelegt hatte.

»Mist«, dachte er.

Beide lachten laut und herzhaft.

Sie vereinbarten beim Frühstückstisch Stillschweigen über den gestrigen Tag und die darauffolgende Nacht zu wahren. Dennoch beschlossen sie, sich jetzt öfter zu sehen, da sie merkten, dass sie sich gegenseitig sympathisch waren, den gleichen Humor hatten und über Sachen reden konnten, über die man im Arbeitsalltag im Polizeipräsidium, nicht sprach.


Als Thekla nach einem leckeren Mittagessen, Spargel mit selbst zubereiteter Sauce Hollandaise, Salzkartoffeln und gekochtem Schinken, zubereitet hatte, fuhr sie zu ihrem Vater, wie ausgemacht. Es gab Kaffee und Erdbeerboden, diesen bekam Franziska, Vaters neue Frau, immer besonders gut hin.

Schnell hielt Thekla noch an der Tankstelle im Ort an, um ein Paar Blumen zu kaufen. Es war ihr zwar peinlich, abgepackte und schon einige Tage alte Blumen mitzubringen, doch sie hatte gestern auf dem Siegburger Markt, nicht daran gedacht.

Die Begrüßung war herzlich und wohltuend. Franziska hatte bereits gutes Geschirr rausgeholt und mit dekorativen Servietten, den Tisch zur Kaffeerunde eingedeckt. Irgendwoher glaubte Thekla, die Tischdecke zu kennen, die dem ganzen Ambiente einen frühlingshaften Eindruck verlieh.

Nach dem guten Kuchen kam Thekla auf den Fall zu sprechen.

»Sag mal, Papa, kannst du Dich an eine Vermisstensache oder sonst einen mysteriösen Fall erinnern, der sich vor etwa dreißig bis fünfunddreißig Jahren zutrug und unaufgeklärt blieb?«

»Wie kommst Du darauf, kann ich Dir irgendwie weiterhelfen?«

»Ach weißt Du, - irgendetwas ist komisch an dem Fall, den ich gerade bearbeite«, meinte Thekla sehr nachdenklich. Hier, »Thekla zeigte vom Balkon aus in Richtung des Park's, der sich direkt neben dem Haus befand«. Keine einhundert Meter weiter, ist ein Mann getötet worden, den man „Spargelkönig" nannte«.

»Wie? - getötet worden, man erzählt sich doch hier im Dorf, er hätte sich mit Tabletten selbst umgebracht,«, meinte Thekla's Vater.

»Nein, die gerichtsmedizinische Untersuchung hat ergeben, dass er mit Gift, mittels einer Spritze, getötet wurde. Was kurios ist, ist daß auf einem seiner ehemaligen Spargelfelder ebenfalls eine Leiche entdeckt worden ist, die mindestens dreißig Jahre dort gelegen hat. Jetzt versuche ich zu ermitteln, ob es da einen kausalen Zusammenhang geben könnte.«

»Ah, - verstehe, und jetzt möchtest Du wissen, ob ich mich an etwas erinnere.«

»Ja«, sagte Thekla hilfesuchend, »ich dachte mir, da Du ja schon immer ein so gutes Gedächtnis hattest. Deine jetzigen Kollegen konnten mir nämlich, bei meiner Anfrage nicht weiterhelfen. Weder gibt es etwas in den Akten, noch ist jemand im Dienst, der in dem Zeitraum im Bonner Raum ermittelt hatte.«

»Also, - ich habe im Moment auch nichts in Erinnerung. Wenn mir etwas einfällt, sage ich es Dir. Schreib mir doch bitte mal Deine Handynummer auf. Auf der Nummer die ich habe, bist Du nicht mehr erreichbar, - wahrscheinlich hast Du irgendwann in den letzten Jahren mal Deine Nummer gewechselt.«

»Vor zwei Jahren hat mir Bernd mal ein neues Handy mit Vertrag geschenkt. Seitdem habe ich die jetzige Nummer. Sag bloß, so lange haben wir schon keinen Kontakt gehabt? Das ist ja richtig peinlich, wird sich nun aber ganz bestimmt ändern, -

versprochen!«

»Das würde mich sehr freuen. Du fehlst mir schon ziemlich und der kleine David auch.«

»Du, Papa, aus dem kleinen David ist ein junger Mann geworden, der schon seine eigenen Wege geht. Er wohnt seit einigen Monaten bei seinem Vater, ...will sich wohl die Hörner abstoßen und bei Mama geht das nicht«, Thekla lachte, »ich passe wohl zu sehr auf und halte die mütterliche Hand über ihn.«

»Das kann schon sein, aber jeder muss seine eigenen Lebenserfahrungen machen, - das kann einem keiner, auch keine sorgsame Mutter abnehmen. Weißt Du«, der Vater nahm Thekla in den Arm und sagte, »ich möchte Dir da eine kleine Geschichte aus meiner Jugend erzählen.«

Sie setzten sich auf dem Balkon in bequeme Sessel.

»Franziska«, rief Thekla in Richtung Wohnzimmer, »komm doch zu uns raus und setze Dich dazu. Wir haben uns so lange nicht gesehen und ich finde, Du gehörst einfach dazu«.

Verlegen lächelnd kam Franziska mit den Tassen voller Kaffee nach draußen.

»Also«, begann der Vater zu erzählen, wobei er sich genüsslich zurücklehnte, »es ist bereits lange her. ich erinnere mich an einen heißen Sommer, aber, warum nur durfte ich nicht mehr mit meinem Papa und meinen Freunden ins Schwimmbad? Ich verstand nicht, dass der Sommer zu Ende sein sollte und die Bäder geschlossen hatten. Wir hatten so viel Spaß bei den wöchentlichen Besuchen im Freibad, wo ich auch voller Stolz mein Schwimmabzeichen bekommen hatte und Mama am Abend ein Seepferdchen an meine Badehose genäht hatte. Nun sollte das mit dem Seepferdchen umsonst gewesen sein? Mama tröstete mich, ich solle nicht traurig sein. Ich sei zwar jetzt schon fast sechs Jahre alt und auch bereits in die Schule gekommen, doch ich hätte noch so viele Jahre vor mir, in denen ich ins Schwimmbad gehen könnte. Nun sei das Jahr jedoch so weit fortgeschritten, dass der Herbst mit seinen schönen Seiten vor der Tür stehen würde.

»Vor der Tür stehen?«, fragend schaute ich Mama an. »Wenn man dann die Tür aufmacht, kommt der dann herein?«

»Nein«, erwiderte Mama lächelnd, »das sagt man nur so wenn eine Jahreszeit wechselt. Frühjahr, Sommer, Herbst und Winter. Das sind die Jahreszeiten. Und nun kommt der Herbst. Im Herbst fallen die Blätter von den Bäumen und der Wind fegt über Wiesen und Felder.«

Etwa zwei Wochen später war in der Schule das Thema Herbst an der Reihe. Herbst sei die Jahreszeit, in der sich die Blätter verfärben und zu fallen beginnen, in der die letzten Äpfel gepflückt würden, die in der Adventszeit als duftende Bratäpfel auf den Tisch kämen. Auch sei es die Zeit, wo der Wind an Kraft zunehmen würde, der Sturmstärke erreichen könnte. Unsere Klassenlehrerin erzählte, im Bastelunterricht würden wir beginnen, einen Drachen zu bauen, den man bei starkem Wind fliegen lassen könne. Wir bekamen jeder eine ausführliche bebilderte Anleitung und die Lehrerin bastelte mit uns gemeinsam einen Drachen als Vorbild. Wir sollten diesen Drachen zu Hause bis zur nächsten Bastelstunde nachbauen. Noch am Nachmittag ging Mutter mit mir in die Stadt, um das Material zu kaufen. Wir brauchten durchsichtiges, farbiges Papier, dünne Leisten aus Holz, Klebezeug aus der Tube und jede Menge dünne Kordel. Ah ja, und zwei kleine Nägel.

Voller Freude berichtete ich am Abend meinem Vater von der tollen Aktion. Ich wollte gleich nach dem Abendessen endlich anfangen zu basteln. Papa sagte jedoch, wir würden dies am Wochenende machen. Dann könne er mir ganz in Ruhe zeigen wie alles geht, damit ich es später auch mal ganz alleine hinkriegen könnte. Die zwei Tage bis zum Wochenende schienen nicht zu vergehen. Doch dann, nach dem Frühstück, räumten wir den Küchentisch frei und fingen an. Zuerst wurden die Holzleisten zu einem Kreuz zusammengenagelt. Danach wurden die Enden mit einer Kordel verbunden und alles mit Papier, Papa nannte es Zellophanpapier, bespannt. An einem ungefähr drei Meter langen Stück der Kordel wurden zusammengefaltete Streifen aus dem Papier in Abständen von ungefähr dreißig Zentimeter daran, geknotet. Dies war der Schwanz des Drachens und er wurde am unteren Ende des Drachens befestigt. Fertig. Der Drachen war, ohne Kordel, so groß wie ich.

»Fertig?«, fragte ich.

»Wir können auch noch ein Gesicht darauf malen, wenn Du willst «, sagte Papa.

»Au ja«, erwiderte ich mit leuchtenden Augen.

Papa holte einen ganz dicken, schwarzen Filzstift und ich durfte Augen, Nase und einen Mund malen. Aber ich war immer noch nicht fertig. Ich malte auch noch Augenwimpern und einen Pickel neben den Mund. So, nun war ich fertig.

Voller Vorfreude auf den folgenden Schultag ging ich schlafen. Natürlich musste der Drachen neben dem Bett liegen. Ich war so stolz. Am nächsten Tag kamen alle Klassenkameraden mit Ihren Drachen in die Schule. Oh, waren dass aber viele Farbunterschiede. Nachdem die Lehrerin alle gesehen und benotet hatte, durften wir die Drachen am Nachmittag mit den Eltern ausprobieren. Als Papa endlich nach Hause kam, musste er sofort seine Kleidung wechseln und mit mir auf die große Wiese gehen. Riesige Wiesen umrahmten unsere Kreisstadt, obwohl unsere Stadt gar nicht rund gebaut war. Papa sagte immer, es sei eine Kreisstadt.

Papa band nun eine ganz lange Kordel, die auf einen kleinen Holzstab aufgewickelt wurde, mit einem Ende an den Drachen. Er ging ungefähr zwanzig Meter von der Stelle entfernt, an der ich mit dem Drachen in der Hand, stehenbleiben sollte. Er spannte die Leine und rief mir zu, ich solle loslaufen. Papa lief auch los. Irgendwann rief er, ich solle den Drachen loslassen. Papa rannte nun so schnell er konnte und der Drachen flog zögerlich in die Luft. Leider nicht so hoch. Er krachte zu Boden.

Nachdem wir dies ein paar Mal versucht hatten, glückte es. Der Wind ergriff den Drachen so sehr, dass er ganz hochflog und Papa die Kordel ziemlich weit von dem Holz auswickeln musste. Es war ganz toll anzusehen. Als ich so nach oben sah, sah ich etwas weiter noch zwei andere Drachen fliegen. Es sah aus, als seien es Himmelsstürmer.

Ich sah zwei Freunde mit ihren Vätern, die auch ihre neuen Drachen steigen ließen. Ich wollte schnell über die Kuhwiesen zu ihnen laufen, dabei kam ich ins Stolpern und fiel der Länge nach, in zwei nebeneinander liegende Kuhhaufen.

»Baaah«, rief ich angewidert und stand vollbematscht auf. Nicht nur Hose und Hemd waren beschmutzt, auch meine Haare hatten etwas mitbekommen.

Papa ging mit mir über die Feldwege nach Hause zurück. Immer wieder lachte er und meinte, ich würde stinken wie ein Kuhstall. Zuhause angekommen, steckte Mama Hemd und Hose in die Waschmaschine und mich in die Badewanne.

Beim Abendbrot erzählte ich noch einmal, wie sehr ich mir beim hinfallen wehgetan hatte, doch Papa sagte:

»Peter, -  Du wirst in Deinem Leben noch oft fallen, doch Du solltest immer einmal mehr aufstehen, als Du fällst, dann ist alles gut.«


»Ja Papa, ich verstehe was mir diese kleine Geschichte sagen soll, jedoch ist es in der fortgeschrittenen Pubertät etwas anders.«

»Nein Thekla, dass glaube ich nicht, - jeder muss seine eigenen Erfahrungen machen, und wenn man eine auf´s Maul kriegt, soll man beim nächsten Mal nicht davor feige zurückschrecken. Eine Niederlage gehabt zu haben, bedeutet, mutig seinen Weg weiter, zu gehen um neue Erfahrungen zu machen.«

»Ach so meinst Du das, - ja, da ist was Wahres dran. So hast Du auch mich erzogen.«

Thekla hatte den Kaffee ausgetrunken und meinte, »Seid mir bitte nicht böse. Morgen wird wieder ein anstrengender Tag für mich. Ich würde nun gerne nach Hause fahren.«

»Selbstverständlich, mein Schatz. Es war schön, dass Du hier warst und entschuldige, wenn ich Dich eben mit meinen Erinnerungen vollgetextet habe.«

»Aber Papa«, Thekla gab ihrem Vater einen Kuss auf seine Wange, »ich höre Dir gerne zu, wenn Du erzählst. Auch daraus habe ich wieder was mitgenommen«.

*

An diesem Abend wollten die zwei sich nicht ihrem Drang hingeben, ihre sehnsüchtigen Körper miteinander verschmelzen zu lassen. Janas Vater lud ein befreundetes Ehepaar ein, das ebenfalls zum wiederholten Male in Norden Urlaub machte, um zusammen auf die wunderschöne Zeit an der typisch ostfriesischen Meeresluft, anzustoßen und sich über die Erlebnisse in der Norder Seehundeauffangstation und Erkenntnissen der Norder Kriminacht, auszutauschen. Die Wände der Ferienwohnung waren dünn, weil an Kosten für den Ausbau gespart wurde und alles in einer Leichtbauweise ausgebaut war, somit war die Wohnung sehr hellhörig.

Deshalb und nur deshalb hatten die Beiden beschlossen, sich lediglich liebevoll zu streicheln und dem Drang zu widerstehen, mehr zu wollen. David und Jana hatten sich ganz ausgezogen und lagen aneinander gekuschelt in dem schmalen Bett des Gästezimmers. David küsste Jana zärtlich auf den Mund, die Wange und die Ohrläppchen. Er wanderte weiter nach unten, über die Brüste, den Bauch und den Bauchnabel und weiter bis zum Mittelpunkt ihrer Weiblichkeit. Als er sie liebkoste, überkam Jana eine solch große Lust, dass sie es nicht mehr aushielt und David zu sich hochzog, mit den Worten

»Nun komm schon, ich halt es nicht aus.«

Ganz still und leise liebten sich die beiden. Es war eine völlig neue Erfahrung, wie intensiv ein lautloses Zusammensein, gegenüber einem lauten Liebesspiel, doch sein konnte.

David war sich sicher, - er wollte immer und ewig mit Jana zusammenbleiben. Vielleicht erlaubte sein Vater es, dass Jana bei ihnen einzieht, obwohl auch sie erst sechzehn war. Er würde jedenfalls alles daransetzen, den Vater zu überzeugen. Sollte sein Vater es wider Erwarten verbieten, dachte David, stünde ihm bestimmt der Weg zurück zu seiner Mutter, auch wenn sie bei den Bullen war, offen. Sie könne ihm den Wunsch nach Zweisamkeit mit der Liebsten, bestimmt nicht verwehren.

»Nur noch Morgen hier gemeinsam den Tag am Strand verbringen«, sagte Jana wehmütig, »dann müssen wir wieder in den Alltag der Familien zurück«.

»Wir müssen sehen, - vielleicht gibt es eine baldige Möglichkeit, dass wir zusammenwohnen können, so wie unsere Eltern auch, - ich meine, mit zusammen frühstücken und zusammen ...«, meinte David, in die Ferne schauend.

Sie kuschelten aneinander und schliefen ein. Von dem Sturm, der in der Nacht über die Nordsee hereinzog und in Teilen Ostfrieslands heftig wütete, bekamen sie nichts mit. Am nächsten Morgen lag die See wieder ruhig zwischen Norderney, Juist und der ostfriesischen Küstenregion.

*

Es regnete leicht und Thekla überlegte, schnell noch den Schirm aus dem Auto zu holen, als Robert und Sybille, Richtung Friedhof losgingen. Robert schien den gleichen Gedanken gehabt zu haben.

»Stellt Euch hier unter das Dach der Tankstelle, ich

hole schnell die Schirme, vielleicht fängt es ja noch stärker an zu regnen und wir stehen dann, wie begossene Pudel«, rief er den beiden Frauen zu, als er schnellen Schrittes zu dem abgestellten, zivilen Dienstfahrzeug, eilte.

»Manchmal kann er auch ganz lieb sein«, meinte Sybille, froh darüber, dass sie nicht zurücklaufen musste.

»Oh ja«, entgegnete Thekla, an den Morgen nach der >Nacht ohne Erinnerung<, denkend, »das kann er wohl«. Sie musste grinsen und ein herzhaftes Lachen unterdrücken.

Der kleine Friedhof, der direkt an der Roisdorfer Durchfahrtstraße lag, war mit Trauernden gut besucht. Etwa einhundertfünfzig Menschen wollten von Leonhard Brummer, Abschied nehmen oder ihm einfach nur die >letzte Ehre< erweisen.

»Das schien ein angesehener Mann gewesen zu sein«, meinte Sybille an Thekla gewandt.

»Und das, obwohl wir einiges gehört haben, was ihn als nicht so sozial hat dastehen lassen«

Die Kommissare schauten sich während der Beisetzung in aller Ruhe, die Leute genau an. Manchmal zieht es Mörder zu der Beisetzung ihrer Opfer, nämlich dann, wenn ihnen die Tat im Nachhinein Leid tut, dann, - wenn sie erkennen und ihnen bewusst wird, dass sie ein Leben ausgelöscht haben und sie mit dieser Last nicht umzugehen wissen. Hier allerdings, unter den allesamt in schwarz gekleideten Menschen, war nichts Verdächtiges wahrzunehmen.

»Hat einer von Euch die Haushälterin gesehen«, fragte Thekla auf dem Weg, zurück zum Auto.

Beide verneinten die Frage.

»Es wundert mich ein wenig, - schließlich war sie über dreißig Jahre bei ihm beschäftigt«

»So lange hält es manch eine Ehefrau nicht aus«, versucht Robert einen Scherz zu machen.

Die Blicke der beiden Frauen allerdings deutete er so, als wenn sein gut gemeinter Scherz, wohl keiner gewesen war.

Sie entschlossen sich, die gut zweihundert Meter zum Haus der Brummers zu Fuß zu gehen. Es hatte aufgehört zu regnen und sie wollten möglichst vor Eintreffen der Hausmieter, nein, nunmehr jetzigen Hauseigentümer, ankommen. Frau Scholz öffnete die Türe.

»Ach, Sie sind hier zu Hause geblieben«, eröffnete Thekla das Gespräch.

»Ja, - ich hätte das nicht gekonnt. Nach so langer Zeit der Bekanntschaft, einen Menschen zur letzten Ruhestätte zu begleiten, - nein, - dass konnte ich nicht«, schluchzte Frau Scholz in ihr Taschentuch.

Thekla und Sybille schauten sich ungläubig an, zudem bekam Thekla urplötzlich wieder ein so merkwürdiges Bauchgefühl. Hatte sie mit ihrer Frage etwas aufgedeckt, was schon lange verborgen zu sein schien?

»Oder waren da verborgene Gefühle, die man normalerweise als Haushälterin nicht hat?«, fragte Thekla ganz vorsichtig nach.

Frau Scholz blickte erschrocken hoch und mit einem entsetzten: »Frau Kommissarin, was sagen Sie denn da. Nie hätte ich mich getraut ...«

Thekla schaute der Dame tief in die Augen und merkte, dass dem Blick ausgewichen wurde.

»Na ja, - jetzt kann ich es ja sagen«. Frau Scholz wurde ganz kleinlaut, »vor etwa fünfundzwanzig Jahren, als Frau Brummer für ein halbes Jahr nicht hier wohnte, weil sie ihre bettlägerige Mutter, am Niederrhein, pflegen musste, da ...«, sie stockte.

»Ja, ich höre«, hakte Thekla nach.

»Da gab es schon mal so heiße Blicke zwischen uns und ...«

»Und?«, fragte Thekla weiter nach.

»Na ja, - da haben wir uns auch ein paar Mal geliebt, - wenn sie verstehen was ich meine. Aber als Frau Brummer dann zurückkam, haben wir getan, als sei nichts gewesen. Im Gegenteil, - mir war das alles so peinlich, dass ich schon kündigen wollte. Frau Brummer wollte das aber auf keinen Fall. Sie glaubte, ich hätte eine bessere Anstellung gefunden. Sie gab mir mehr Lohn und sogar einen zusätzlichen freien Tag in der Woche. Da bin ich dann geblieben. Ich wollte ja auch nicht, dass Herr Brummer in Erklärungsnot kam.«

»Wie war denn anschließend Ihr Verhältnis untereinander?«

»Völlig verändert. Wir wollten das beide so, eben wie Hausherr zu Haushälterin.«

»Aber insgeheim haben Sie ihn weiter geliebt und haben alles über ihn gewußt, - auch seine Geheimnisse?«

Frau Scholz nickte schluchzend.

»Oh«, sagte Sybille, fast entschuldigend, »da hinten kommen die Trauernden«.

Frau Scholz blickte hilfesuchend in Thekla´s Augen.

»Keine Sorge, von uns erfährt niemand etwas über die kleine Liaison.«

Erleichtert atmete die ältere Dame tief durch.


»Wollten sie zu uns?«, fragte Herr Brummer junior die Kommissarinnen.

»Ja, - wir wollen nur fragen, ob sich an dem Termin

der Testamentseröffnung etwas geändert hat? Wir wären nämlich gerne dabei?«

»15 Uhr«, sagte Frau Brummer, die neben ihrem Mann stand, und diesen auffällig in den Arm nahm.

»OK«, meinte Thekla trocken, »Wir gehen etwas essen und kommen dann an die, von Ihnen angegebene Adresse, Rechtsanwaltssozietät Panic, Limburger Straße 333, Bonn«.

»Bis dann«, kam eine kühle Antwort, bevor sie sich umdrehten und das Haus betraten.

Thekla zwinkerte noch einmal in Richtung Frau Scholz, die den Augenkontakt suchte. Sichtlich beruhigt, folgte sie den Hausherren ins Innere.

»Sollten wir das weiter im Auge behalten?«, fragte Robert, der sich die ganze Zeit im Hintergrund gehalten hatte.

»Wenn auch nicht im Auge, dann zumindest im Hinterkopf«, entgegnete Thekla, »ich kann mir nicht vorstellen, dass sie etwas mit dem Mord an ihrem heimlich geliebten Chef, zu tun hatte, wenngleich, - man hat schon aus ganz banalen Gründen getötet«.

»Ob unter dieser Aussage vielleicht auch eine Verbindung mit dem Knochenfund zu suchen ist?, dachte Robert so vor sich hin, »schließlich ist das alles zeitlich irgendwie passend.«

»Eins nach dem anderen.« Thekla hatte jetzt Hunger und wollte endlich was essen. Sie fuhren in Richtung Bonn. Sybille verabschiedete sich mit Zahnschmerzen. Sie könne es nicht mehr aushalten und wolle dringend einen Zahnarzt aufsuchen.

»Na klar, Sybille«, sagte Thekla, »zur Testamentseröffnung genügen auch wir zwei«, dabei zeigte sie auf Robert und sich. »Sieh Du zu, dass Du schmerzfrei wirst«.

\*

»Oh man, ist das eine schwüle Luft«, kühmte Robert beim Verlassen des Maritim Hotels im Bonner Süden. Dorthin hatte er Thekla zum Essen eingeladen. Das Restaurant war voll klimatisiert. Als Kommissar verdiente man nicht die Welt, jedoch hatte er hierhin schon öfter eine neue Bekanntschaft zum fürstlichen Dinner eingeladen. Meist hatte er Glück und hinterher kam es dann auch zu einer gemütlichen und langen Nacht. In diesem Fall jedoch, wollte sich Robert ein wenig für die für beide, peinliche Nacht, entschuldigen. War da etwas zwischen den Beiden geschehen? Konnte er überhaupt, nach dem ganzen

Wein und den berauschenden Keksen, seinen Mann stehen? Er hatte zwar gesehen, dass Thekla das Bettlaken nach Spuren untersuchte und dann erleichtert vom Bett aufstieg, aber war das denn auch ein Beweis, dass nicht doch etwas gelaufen war? Nun ja, - er wollte mit dem Essen, irgendwie seine Reue zeigen.

»Der Navi sagt, wir würden vierzehn Minuten brauchen. Das reicht bestimmt noch für einen schnellen Kaffee bei >Berts Coffee Shop<, oder was meinst Du?«, fragte Robert, als die Beiden im Auto saßen.

»Nein, lieber nicht«, lehnte Thekla kopfschüttelnd ab »nachher geschieht etwas unvorhergesehenes auf den Straßen, und dann ... , der Termin muss pünktlich eingehalten werden, zumal wir dort nur ungern geduldete Zuhörer sind«.

Kurz vor fünfzehn Uhr betraten sie den Flur des zweiten Obergeschosses, in der Sozietät. Anwesend war die gesamte Crew, bestehend aus Tochter des Verstorbenen und Schwiegersohn, nebst deren Tochter. Der Sohn des Verstorbenen und dessen Ehefrau. Auf der Bank, neben der Eingangstür saßen auch Frau Scholz und der Verlobte der Enkelin.

»Was macht denn die Scholz hier?«, flüsterte Thekla zu Robert hinüber.

»Das werden wir bestimmt gleich sehen und hören«

Als die beiden näherkamen, hörten sie, wie sich die Anwesenden laut unterhielten.

»Warum eigentlich der ganze Zirkus hier?«, fragte die Schwiegertochter, »wir wissen doch sowieso alle, wer was kriegt. Was macht denn eigentlich Frau Scholz hier, die Alte soll sich mal lieber um die Sauberkeit im Haus kümmern, anstatt hier herumzulungern.«

»Ja, das meine ich auch«, bestätigte ihr Mann die Aussage, »wir sollten lieber auf den Feldern sein, es ist Hochsaison für Spargel, - und nun stehen wir hier dumm herum.«

»Ach«, fragte Thekla interessiert, »haben Sie das Erbe bereits aufgeteilt, - auch ohne Testament?«

»Was geht Sie das denn an, Frau Kommissarin?«, fragte die Schwiegertochter des Toten entrüstet. »Wir waren alle dabei, als mein Schwiegervater das Testament vor drei Jahren verfasst halte, Die Ländereien und das Haus haben wir Kinder schon alle überschrieben bekommen. Jetzt bleibt noch das Barvermögen. Das soll gedrittelt werden und jeweils an den Sohn, die Tochter und die Enkelin gehen. Fertig,- und dafür stehen wir bei dieser Hitze, hier herum? Es wird Zeit, dass wir schnell wieder auf die Felder kommen.«

»Wow, - das sind ja für jeden von Ihnen gut achthunderttausend Euro«, meinte Robert anerkennend.

»Ja und, - wir kriegen halt das, was uns zusteht«

In diesem Moment ging die Türe zum Büro des Notars auf.

Hereingebeten wurden, die beiden Kinder des Verstorbenen, nebst Ehegatten. Die Enkelin des Verstorbenen und Frau Scholz.

Alle schauten sich nachdenklich an. Wieso denn auch die Frau Scholz? Als der Verlobte von der Enkelin, Jonas Breuer, auch hineinwollte, wurde ihm der Eintritt verwehrt, mit den Worten: »Sie gehören nicht zur Familie und sind auch nicht von uns geladen worden.«

»Aber, - aber ich ...«

»Tut mir leid«, meinte der Notar, »ich habe meine Vorschriften.«

»Aber wir dürfen sicherlich, Thekla Sommer und Robert Hanf, Kripo Siegburg, wir haben hier einen richterlichen Beschluss, der uns ermächtigt, an der Testamentseröffnung teilzuhaben.« Robert hielt dem Notar den Beschluss hin. Dieser kontrollierte die Dienstausweise und den Beschluss, dann zeigte er in Richtung des Büroinneren und meinte:

»Selbstverständlich können Sie zuhören, - nehmen

Sie bitte dort in der Ecke neben dem Schreibtisch Platz. Die anderen setzen sich bitte auf die Stühle vor dem Schreibtisch.«

Der Notar schloss die Türe. Jonas Breuer schlug von außen mehrfach gegen die Türe in seinen Gedanken. Er wollte unbedingt dabei sein, wenn seine Larissa, fast eine Million Euro erben würde.

Wir kommen jetzt zur Testamentseröffnung, welches Leonhard Brummer, vor einem Jahr, in meinem Beisein hier am Schreibtisch verfasst und in diesem Umschlag verschlossen hat. »Dieses Siegel«, er zeigte auf ein unbeschädigtes Siegel auf der Rückseite eines DIN A 4 Umschlages, »bestätigt durch die beiden Unterschriften, die Rechtmäßigkeit.«

Gerade wollte er das Siegel öffnen, als die Schwiegertochter des Verstorbenen laut sagte:

»Aber das kann nicht sein, - er hatte doch das Testament vor drei Jahren in unser aller Beisein bereits geschrieben. Er wollte es dann zu Ihnen zur Aufbewahrung bringen«. Sie schnappte nach Luft, als wenn ihr die Kehle zugeschnürt würde.

»Nun sei doch mal ruhig«, zischte ihr Ehemann, »was soll schon großartig anderes drinstehen?«

»Darf ich jetzt?« fragte der Notar ungeduldig. Er öffnete den beigefarbenen großen Umschlag. Darin enthalten waren zwei Seiten Geschriebenes und einmal gefaltetes Papier und ein Umschlag der Größe DIN C6.

»Ich, Leonhard Brummer, geboren 10.07.1935 in Sechtem, Gemeinde Bornheim, verfüge hiermit, im Vollbesitz meiner geistigen Kräfte und ohne Alkohol konsumiert zu haben (das wird Notar Panic beglaubigen), über mein Vermögen, nach meinem Ableben, folgendes:

Nachdem mein Sohn und meine Tochter gemeinsam alle meine Ländereien und das Gutshaus, in dem wir alle wohnen, bereits mit Übereignungsvertrag erhalten haben, soll mein Barvermögen wie folgt aufgeteilt werden.

10 %, etwa 250.000 Euro, erhält mein Sohn, zur Aufrechterhaltung und Erweiterung des bestehenden Betriebes.

10 %, etwa 250.000 Euro, erhält meine Tochter, zur Aufrechterhaltung und Erweiterung des bestehenden Betriebes.

Das Geld meines Sohnes und meiner Tochter soll auf der Bank, als Grundkapital für in der Zukunft anstehende Erweiterungen, festgelegt werden.

10 %, etwa 250.000 Euro, erhält meine langjährige Haushälterin, Leonie Scholz, die ewig, auch in sehr

schwierigen Zeiten, zu mir gehalten hat und ewig über Vergangenes Stillschweigen hielt.

10 %, etwa 250.000 Euro, erhält meine Enkelin Larissa, sobald sie ihr Medizinexamen abgelegt hat. Bis dahin wird das Geld treuhänderisch von der Kanzlei Panic, verwaltet.

10 %, etwa 250.000 Euro, erhält Larissa weiterhin, wenn sie ihre Fachärztin, egal in welcher Richtung, abgelegt hat und sich mit einer Praxis in der Gemeinde Bornheim niederlässt. Bis dahin bleibt das Geld ebenfalls treuhänderisch bei der Kanzlei Panic. Sollte es Larissa nicht möglich sein, bis zu ihrem vierzigsten Geburtstag Fachärztin zu sein, verfällt der Anspruch und das Geld soll an alle Tierheime im Rhein-Sieg-Kreis aufgeteilt werden.

5 %, etwa 125.000 Euro, erhält die freiwillige Feuerwehr Bornheim, als Spende.

5 %, etwa 125.000 Euro, erhält die Rot-Kreuz-Station in Roisdorf, als Spende.

40 %, etwa eine Million Euro, erhalten Afina und Auricia Dalco, in Rumänien. Sie sind die Töchter von Cipriana Dalca, die im Jahre 1987 auf meinen Spargelfeldern als Vorarbeiterin, gearbeitet hatte. Die damalige Adresse, der damals fünf und sechsjährigen Mädchen, steht auf dem beiliegenden Umschlag. Die jetzigen Adressen und das rechtmäßige Übereignen

des Geldes, obliegt der Sozietät, der Herr Notar Panic angegliedert ist, welchen ich hiermit als Bevollmächtigten für diese Transaktion einsetze. Hierfür erhält die beauftragte Sozietät einen Betrag von fünfzig tausend Euro, die nicht in der Erbmasse enthalten sind, sondern bereits jetzt auf einem Konto, bei der hauseigenen Bank der Sozietät, hinterlegt sind und mit meinem Ableben freigesetzt wird und zur Auszahlung kommt. Ich verfüge, dass der beigelegte und verschlossene Brief, an Afina und Auricia mit Auszahlung des Geldes, gleichzeitig zu übergeben ist.

Bonn, den 27.04.2015

Leonhard Brummer


Fassungsloses Schweigen aller Anwesenden. Nach etwa zwei Minuten, ergriff die Tochter des Verstorbenen, das Wort.

»Aber, - das kann doch nicht wahr sein. Er hat doch in unser aller Beisein vor drei Jahren etwas ganz anderes zu Papier gebracht.«. Sie wollte das Testament vom Schreibtisch reißen.

Der Notar war jedoch schneller und sicherte das Schriftstück, nebst verschlossenem Briefumschlag.

»Und wer überhaupt sind diese beiden Mädchen und wieso erben die auch, und dann auch noch den Hauptteil von einer Million Euro, das ist doch rechtlich gar nicht haltbar. uns steht doch mindestens ein Pflichtteil von fünfundzwanzig Prozent je Kind, zu«, meldete sich jetzt der Sohn des Verstorbenen zu Wort.

»Glauben Sie mir, wir haben beim Aufsetzen des Testamentes auf alle rechtlichen Aspekte Rücksicht genommen. Mit der vorzeitigen Übereignung der Ländereien, sind Sie Beide«, der Notar zeigte auf ihn und seine Schwester, »bereits zu einem Wert gekommen, der die fünfundzwanzig Prozent bei weitem übertrifft. Dies ist einem vorzeitigen Erbe gleichgestellt, welches aber nicht mehr versteuert werden muss.«

»Und der Umschlag und die Million?« fragte Herr Brummer.

»Und die Haushälterin, - wieso kriegt die eine viertel Million?«, keifte Frau Küster, die Schwiegertochter des Verstorbenen.

»Den Umschlag bekommen Sie nicht in die Hände, es gilt das Postgeheimnis und was Frau Scholz betrifft, kann ich nur sagen, es gilt der letzte Wille eines Menschen. Nun darf ich Sie bitten zu gehen. eine Abschrift des Testaments wird Ihnen allen schriftlich zugestellt. Er erhob sich von seinem Platz, ging zur Türe und öffnete diese.

Thekla und Robert blieben im Raum. Als Herr Panic

sie aufforderte, ebenfalls das Zimmer zu verlassen, meinte Thekla:

»Der verschlossene Brief ist hiermit offiziell polizeilich beschlagnahmt. Wir befinden uns hier in einem undurchsichtigen Mordfall und müssen Kenntnis darüber erlangen, was dort geschrieben steht. Ein Gerichtsbeschluss wird folgen.«

»Oh nein«, entgegnete Herr Panic, »Sie bringen mir erst einmal einen Gerichtsbeschluss, der das Postgeheimnis aufhebt. Dann können sie gerne, den Brief öffnen, lesen und dann wieder polizeilich versiegeln.«

»So machen wir das«, willigte Thekla ein. »Sagen wir spätestens morgen Vormittag?«

»Gut, ich gebe Ihnen Zeit bis morgen Abend, dann muss ich alle nötigen Schritte zur Testamentsvollstreckung einleiten. Schließlich ist jetzt bereits viel Geld an uns gegangen zur ordnungsgemäßen Regelung aller Dinge.«

Thekla reichte ihm die Hand mit den Worten, »Da haben Sie Recht, - bis Morgen.«

Vor dem Gebäude gingen sie an den lautstark diskutierenden und sehr aufgebrachten Erben vorbei.

»Warum hat der Alte das nur gemacht. Der hat uns ja richtig hintergangen. Die arme Larissa muss nun erstmal ihr Examen machen, bevor sie von dem Geld partizipieren kann und unser Geld ist auch auf der Bank gesperrt für Betriebserweiterungen«, das letzte Wort dehnte die Tochter des Verstorbenen sehr in die Länge, als wolle sie es besonders verdeutlichen.

»Was zum Teufel ist mit den Haupterben? Sind das seine unehelichen Töchter aus Rumänien? Was ist aus der Frau, deren Mutter, geworden?«, warf Küster, der Schwiegersohn ein.

»Und was, verdammt nochmal bringt ihn dazu, der Scholz so viel Geld zu vererben?«, sie drehten sich im Kreis, um Frau Scholz zu suchen. Diese bestieg gerade, sehr angenehm lächelnd, ein Taxi und fuhr davon.


In der abendlichen Fallbesprechung im Polizeipräsidium wurden die Fakten zusammengetragen. Es kristallisierte sich heraus, dass nun endlich konkret in bestimmte Richtungen ermittelt werden konnte, anstatt erst einmal blind Ansatzpunkte zu suchen.

Peter Ludwig hatte, nachdem er noch einmal bei Ute Schirmer gewesen war, die den Toten gefunden hatte und deren erste Aussagen, er noch einmal überprüfen wollte, festgestellt, dass der humpelnde Mann, den sie seinerzeit bei ihrem Lauf gesehen hatte, ein Bewohner aus dem Alfterer Oberdorf war und der nach einem Arbeitsunfall auf seinem Feld, zum Arzt gehumpelt war. Der blaue VW-Käfer, mit der Porsche-Heckflosse, so hatte er ermittelt, stand bei einem Gebrauchtwagenhändler, an der Bonner Straße in Roisdorf.

»Ah«, warf Thekla ein, »den kenne ich, da hat mein Vater schon drei gebrauchte, aber sehr gute Wagen gekauft. Die sind sehr gründlich und zuverlässig. Da kann man gut kaufen. Auch der Service stimmt und der Chef dort ist in Ordnung.« Als sie merkte, dass sie die Faktenbesprechung mit persönlichem Empfinden unterbrochen hatte, meinte sie, »Oh, sorry, war mir gerade so herausgerutscht, da ich mich gerade wieder mit meinem Vater getroffen hatte. Tut mir leid, dass ...«

Robert hob eine Hand hoch, »Ist schon gut Thekla. Peter, - was wolltest Du noch zu dem VW sagen?«

»Ja, der Wagen war an dem Tag zu einer Probefahrt unterwegs. Name und Anschrift des Interessenten habe ich, falls das noch interessant ist.«

»OK, wir haben allerdings bei der Testamentseröffnung sehr interessante und auch spektakuläre Neuigkeiten erfahren.«

Robert und Thekla erzählten von dem Ablauf beim Notar aber auch von der lächelnden Frau Scholz.

»Wir haben einen Gerichtsbeschluss zum Öffnen des verschlossenen Umschlages beantragt.

Wahrscheinlich wird er heute noch oder spätestens morgen früh vorliegen. Dann werden wir dem Täter vielleicht etwas näherkommen.«

»Warum hat denn Frau Scholz so gelächelt und warum war sie überhaupt auch beim Notar?«, fragte Sybille.

»Nun, der alte Brummer hat sein Testament geändert. Soweit wir wissen, hat er bei dieser Gelegenheit seine Haushälterin mit im Nachlass bedacht. Die Frage ist jetzt nur, hatte sie davon gewusst? Wenn ja, - so hätte sie ein Motiv gehabt, vorzeitig an das Erbe zu kommen«, schlussfolgerte Robert.

»Es ist aber auch möglich, dass die Schwiegertochter, Frau Küster, es nicht mehr abwarten konnte, endlich Geld in den Händen zu haben, um sich eventuelle Träume zu erfüllen. Sie hat ja die ganze Zeit über immer irgendwie sehr launisch reagiert«, meinte Thekla.

»Aber da ist auch noch die Enkelin, die als Studentin sicherlich auch Geld gebrauchen konnte und möglicherweise nicht mehr warten wollte. Sie geht nämlich jetzt, bis zum Abschluss des Examens, ziemlich leer aus.« Robert zuckte mit den Achseln.

»Vielleicht ist aber doch ein ganz anderer Aspekt noch nicht beachtet worden? Was steht in dem Brief und warum die Erbschaft von einer Million Euro, nach Rumänien?«, brachte Peter ein.

»Lasst uns bis morgen abwarten. Nach öffnen und lesen des Briefes wissen wir mehr«, schloss Thekla die Besprechung ab.

\*

## Drittes Kapitel

Die Sonne stand noch tief und schien ihnen ins Gesicht, als Jana und David am letzten Tag ihres Aufenthaltes schon früh nach dem Frühstück, das Ferienhaus verließen. Sie wollten noch einmal, nach Möglichkeit recht lange, den Duft der Nordsee und den herrlichen Sandstrand in Norddeich genießen. Am späten Nachmittag, so hatte Janas Vater beschlossen, wollten sie mit dem Auto nach Hause fahren. Selbstverständlich nahmen sie David mit. So konnte er sich das Geld für die Rückfahrt sparen und die aufkeimende Liebe der Zweien wurde nicht gestört. Die Beiden hatten nämlich schon ausgemacht, wenn Janas Vater etwas gegen die Mitnahme von David gehabt hätte, dass beide mit dem Zug fahren. So jedoch hatte David Geld übrig und wollte seiner Liebsten in Norddeich, an den vielen Souvenirständen, eine Überraschung kaufen.

Ann Kathrin winkte beiden mit einem fröhlichen »Moin moin« zu, als sie am Nachbarhaus vorbeikamen. Es ließ sich am Vorabend nicht vermeiden, dass sich alle, bei einem kühlen Getränk im Garten von Frank Weller und Ann-Kathrin Klaasen, trafen. Hier wurde auch bewundert, wie groß doch der Sohn, der damaligen Mitschülerin auf der Polizeischule, schon sei. Ganz schön peinlich war das für David und er war glücklich, alsbald wieder mit Jana händchenhaltend, das Weite suchen zu können.

Als Andenken an die wunderschöne Zeit und das erste Beisammensein mit David, suchte sich Jana, beim >Deichkieker<, einem Souvenirladen direkt am Deich gelegen, eine Blechskulptur aus, die man im Garten eines Hauses, oder auch auf einem Balkon in einen Blumentopf, stecken konnte. Zu sehen war ein, aus dünnem Weißblech geschnittenes und bunt bemaltes, Seemöwenpaar, dass miteinander schnäbelte. Darunter war das Wort >Strandsnack< gemalt.

David fand das zwar sehr kitschig, aber wenn es ihr nun mal gefiel, wollte er ihr den Gefallen gerne tun. Nur wie sie es in dem kleinen Auto noch transportieren wollten, daran hatte niemand der Beiden gedacht. Aus dem Teil lugte eine Stange, die in den Boden zu stecken war, einmetervierzig hoch und fünfundvierzig Zentimeter breit. David besorgte noch zwei gleiche Schlüsselanhänger in Form eines Seehundes für Jana und sich, sowie eine Ansichtskarte mit dem Pilsumer Leuchtturm. Seine Mutter schwärmte immer von ihm, wenn sie ihn im Fernsehen sah. Nun hatte sie einen, um ihn an die Wand im Büro zu hängen. Die beiden gingen in das Restaurant neben dem Fähranlieger nochmal köstlich essen. Natürlich waren es Hamburger mit kross gebratenen Kartoffelecken und einer Extraportion BBQ-Soße und Majo. Sie trotzten der Gewohnheit, als Tourist, an der Nordseeküste, frischen Fisch essen zu müssen.

Ganz langsam gingen sie anschließend in Richtung der Ferienwohnung zurück, so als wenn sie die Zeit anhalten wollten oder auf >stand by< stellen.

Das Auto war schon beladen. Der liebevolle Zierrat, den Jana behutsam oben auf die, bis zum Dach verstauten Koffer legte, durfte keinesfalls beschädigt werden. Die Stange des Kunstwerks ragte zwischen den Köpfen ihres Vaters und dem daneben sitzendem David, hindurch.

»Na, - wenn das mal gutgeht«, kommentierte Jana's Vater, »aber wenn mein Töchterchen es so will ...«

*

»Hier Thekla Sommer, Kripo Siegburg, guten Morgen Herr Panic. Uns liegt jetzt der

Gerichtsbeschluss zum Öffnen des Briefes und Kenntnisnahme des Inhaltes, vor. Wann hätten Sie Zeit für uns?«

»Guten Morgen Frau Sommer. Also, - ich habe um elf Uhr meinen ersten Termin. Jetzt sind es neun Uhr, - wenn Sie mögen, können wir uns gleich treffen. Wann könnten Sie hier sein?«

»In etwa einer halben Stunde? wäre Ihnen das recht?«, fragte Thekla, den Blick von Robert suchend, der die zeitliche Spanne abnickte.

»Gerne Frau Sommer, - es liegt alles bereit«.

Robert hatte beim Bestätigen der Zeitspanne den morgendlichen Berufsverkehr nicht berechnet. Obwohl sie den Weg über die Bundesstraße und nicht über die staugeplagte Autobahn 59, nahmen, kamen sie erst um acht Uhr fünfundvierzig am Ziel an.

»Das bin ich von den Mitarbeitern gewohnt«, reichte er den Beiden zur Begrüßung die Hände. »Der ewige Berufsverkehr.«

Robert lächelte verlegen.

»Hier der Gerichtsbeschluss«. Herr Panic las ihn sorgfältig.

»Und hier der verschlossene Umschlag«, er schob ihn über die Tischplatte.

Sorgsam öffnete Thekla, mit einem in Silber gefassten, Brieföffner, am oberen Ende, den Umschlag.

Hinaus kam ein handgeschriebener Brief:

Liebe Afina, liebe Auricia,

verzeiht, wenn ich Euch so anrede, aber Eure Mutter hat Euch immer so genannt, wenn sie liebevoll von Euch erzählte.

Es fällt mir unendlich schwer, Euch nach so langer Zeit wieder aufgewühlt zu wissen, dennoch möchte ich mein Gewissen nach über 30 Jahren erleichtern.

Ich bin der Grund dafür, dass Eure Mutter nach einer Arbeit auf meinen Spargelfeldern nicht mehr zu Euch zurückkehren konnte. Ich muss Euch versichern, es war ein ganz schrecklicher Unfall passiert.

Während meine Frau eine lange Zeit bei ihrer bettlägerigen Mutter lebte, habe ich als damals fünfzigjähriger Mann, den Blicken Eurer Mutter nicht widerstehen können. Wir waren ein paar Mal in Köln, wo uns keiner kannte, essen. Sie erzählte mir von dem tödlichen Motorradunfall, den Euer Vater kurz nach Eurer Geburt hatte. Sie kam jetzt bereits zum zweiten Male zu uns, um als Saisonarbeiterin auf den Feldern, den Lebensunterhalt für Euch drei, zu verdienen.

Wir tuschelten und schäkerten sehr oft miteinander. Da sie Vorarbeiterin war, hatten wir genügend Zeit fernab der Felder. Ja, -wir kamen uns näher und eines Abends, - wir waren auf dem Heuboden meiner Scheune, zerbrachen die Bretter unter uns und wir fielen fünf Meter tief, auf den Steinboden. Leider war es so, dass Eure Mutter mit ihrem Körper, mein Gewicht abfing. Ich hatte nur eine Prellung an der rechten Schulter, doch Eure Mutter war mit dem Kopf aufgeschlagen und verstarb noch in meinen Armen.

Voller Panik über das Geschehene, trug ich den Leichnam auf ein Feld, nahe der Autobahn. Dort begrub ich sie so tief, so dass sie vom Wild nicht ausgegraben werden konnte. Dieses Stück Land ließ ich von da an nicht mehr bewirtschaften, - sie sollte dort ihre Ruhe finden.

Ihre Sachen holte ich aus der Gemeinschaftsunterkunft, noch bevor die anderen Arbeiterinnen kamen. Am nächsten Morgen gab ich mich sehr erstaunt, dass Eure Mutter nicht zur Arbeit erschienen war. Alle vermuteten, sie hätte Hals über Kopf ihre Sachen gepackt und wäre aus Sorge um Euch, zu Euch abgereist.

Sie hat Euch sehr geliebt.

Es war nicht meine Schuld, - es war ein fürchterlicher Unfall.

Wenn Ihr diese Zeilen lest, werde ich nicht mehr leben.

Ihr jedoch sollt, so schwer Ihr es die ganze Zeit in Eurem Leben hattet, nie wieder finanzielle Sorge haben müssen. Nehmt bitte das Geld an, was Euch mit dem Brief überbracht wird.

Seht es als Entschuldigung dafür an, dass wir uns damals geliebt haben.


Leonhard Brummer


»So, jetzt wissen wir wenigstens, woher der Knochenfund stammt und dass dies wohl kein Mord war. Hier war eine Aussage, die auf Unfalltod hinwies.« Thekla steckte den Brief wieder in den Umschlag, den Robert polizeilich versiegelte.

»Also auch kein Grund der Erben, dies hier anzufechten?«, fragte Robert

»Das sehe ich genauso«, antwortete Panic, »das Testament wird nach unserem Auftrag des Verstorbenen, vollstreckt.«

Gegen Mittag trafen sie wieder im Polizeipräsidium ein. Dort gab es keine Neuigkeiten in dem Mordfall, jedoch zweifelte auch niemand an dem, was in dem Brief an die Erben in Rumänien, geschrieben stand. Mitgefühl keimte bei den Anwesenden auf.

»Dann hat sich jetzt der Kreis der Verdächtigen in unserem Fall verdichtet. Wir fahren zu den Brummers und vernehmen zuerst Frau Scholz und dann Gabriele Küster und ihren Mann, den Sohn des Verstorbenen. Danach sprechen wir mit Frau Scholz, was sie augenscheinlich so schmunzeln ließ, anschließend noch zu Larissa Küster, der Enkelin.

Auf geht´s«, mit diesen Worten standen alle auf, um gemeinsam den Fall zu Ende zu bringen, - so glaubten sie.

## Letztes Kapitel

»Es ist schon eine sehr schöne Gegend hier unter den vielen Bäumen«, meinte Robert, als sie von der Siegesstraße kommend, in Richtung des Brummer-Anwesens gingen, »hier würde ich auch gerne wohnen«.

»Ja«, meinte Thekla, »ich kann meinen Vater sehr gut verstehen, dass er hier hingezogen ist. Er wohnt genau gegenüber, auf der anderen Seite der Siegesstraße, in dem kleinen Park am Altersheim.«

Sie klingelten an dem großen, aus schmiedeeisernen Stäben gefertigten, Tor. Der Türöffner summte und das Schloss am Tor sprang auf. In der Haustüre erschien Frau Scholz und winkte den Kommissaren freundlich zu.

»Heute so viele Leute, - haben Sie sich Verstärkung mitgebracht, Frau Kommissarin?«, scherzte sie.

»Hätte ich die denn nötig?«, kam die rasche Antwort, »wir möchten zu den Erben und - auch zu Ihnen, Frau Scholz.«

»Kommen Sie gerne rein. Die Herrschaften sitzen

im Wohnzimmer. Ich bin zwar gerade dabei, meine Sachen zu packen, nehme mir aber gerne Zeit für Sie.«

»Zu liebenswürdig«, raunte Peter Ludwig, der hinter Thekla und Robert stand.

Sofort bekam er von seiner Kollegin, Sybille Salz, einen Rippenstupser.

»Wissen Sie, Frau Sommer, hier ist es nach der Testamentseröffnung, unerträglich geworden. Mir werden hier Sachen unterstellt, die ich gar nicht in den Mund nehmen möchte. Ich sei eine Erbschleicherin und ich solle so schnell wie möglich hier raus. Auch aus meiner Wohnung, in der mich Herr Brummer mietfrei wohnen ließ, soll ich ausziehen. Aber wissen Sie«, wieder war das Grinsen auf ihrem Gesicht zu sehen, »ich habe mich heute in ein Altenwohnheim, einer eigenständigen Wohneinheit mit betreutem Wohnen, eingekauft. Das hat zwar die Hälfte meines Erbes gekostet, aber wenn ich mal Hilfe brauche, ist dort vor Ort sofort jemand für mich da. Ansonsten bin ich autark. Wie in meiner eigenen Wohnung.«

»Dann war Brummers Tod also ein Segen für Sie? Wussten Sie von dem geänderten Testament?«

»Gott bewahre, - nein, - ich war selber überrascht aber ich glaube, er wollte mir im Nachhinein seine Zuneigung, auch für das kleine téte-à-téte, von dem Sie ja schon wissen, zeigen«.

Sie gingen gemeinsam ins Wohnzimmer.

Sofort wollte Gabriele Küster wieder lospoltern, wurde aber von Thekla gebremst.

Die Befragungen der einzelnen Anwesenden war ohne Erfolg und drehte sich andauernd im Kreise. Thekla beschloss, die Anhörungen durch Sybille und Peter alleine durchführen zu lassen. Sie wollte sich nun zeitgleich mit Robert, Larissa Küster, vernehmen. Sie hatten sich bereits alle im Vorfeld überlegt, wer von ihnen berufsmäßig, mit Spritzen zu tun hat? Klar eine Ärztin oder Medizinstudentin. Wer kommt an reines Heroin heran? ebenfalls eine Medizinstudentin, zumindest im Rahmen ihrer Praktikum Wochenenden.

Sie parkte ihren Dienstwagen quer vor der Garagenzufahrt des Wohnhauses >Stutenhof 3a<.

Als Thekla ausstieg, fragte Robert noch, wer denn mit Larissa sprechen solle, und wer mit ihrem Verlobten?

»Wie es sich ergibt, mal sehen ob überhaupt beide da sind?«

Schon wurde die Türe geöffnet, obwohl noch niemand geklingelt hatte.

»Larissa kann jetzt nicht. Sie liegt weinend im Bett. Wir können beide nicht verstehen, warum ihr Großvater das Testament dermaßen geändert hatte. Wir, - ich meine Larissa, sollte doch fast eine Million

Euro bekommen?«

»Ein wunderbares Motiv, nicht wahr?«, fragte Thekla.

»Sie wollen doch jetzt nicht unterstellen, dass meine Verlobte …?

»Wir möchten erst einmal mit ihr sprechen. Wenn sie nicht bereit ist, wird sie ins Präsidium nach Siegburg vorgeladen. Dann wird sie kommen müssen.«

»Lass sie rein«, hörte man eine leise Stimme aus dem Obergeschoss, »ich zieh mir gerade was über.«

Es stellte sich heraus, dass sich im Haus mehrere Dutzend Einwegspritzen mit unterschiedlichen Kanülen in verschiedenen Stärken befanden. Diese wurden, nach Aussage von Larissa, zum Üben an sich und Freunden, benutzt. Ebenfalls spritzte sie sich und auch ihrem Verlobten, hin und wieder, reines Vitamin C, bei aufkeimender Erkältungssymptomatik, der beste Weg, gesund zu bleiben.

»Dies wird selbst von Heilpraktikern praktiziert. Dafür muss man keine Ärztin sein«, meinte Larissa.

Für den Tag vor und die Nacht des Mordes, gab sie allerdings an, bei einer Studienkollegin in Münster gewesen zu sein. Gerne könne die Kommissarin sofort mit ihr telefonieren. Schon wählte Larissa eine Nummer und gab das Handy weiter.

Thekla sprach eine ganze Weile mit der Studienkollegin. Dabei suchte sie allerdings immer eine Wortwahl, auf die immer eindeutig geantwortet werden musste.

»Ein eindeutiges Alibi«, bestätigte Thekla, nachdem das Gespräch beendet war.

»Dann entschuldigen Sie die Störung«, Robert hielt den beiden seine Hand hin. Kurz bevor Jonas Breuer danach greifen konnte, zog Robert die Hand zurück und legte sie gegen die Stirn, als wolle er über etwas nachdenken.

»Sagen Sie mal?«, fragte er, an Larissa gerichtet, »sammeln Sie bereits praktische Erfahrungen in Krankenhäusern?«

»Nein, dass ist noch nicht vorgesehen. Erst am Ende des Studiums. Das dauert noch etwa drei Semester, warum fragen Sie?«

»Ach«, antwortete Robert mit einer nichtssagenden Handbewegung, »nur interessehalber.« »Und Sie?«, er drehte sich wieder in Jonas Richtung, »wo sagten Sie noch, würden Sie arbeiten?«

»Ähm ich? - ich arbeite in einem Wohnstift in Köln. Im >Wohnstift der Grauen Panther<, am Eigelstein.«

»OK, und, - wo waren Sie zum Zeitpunkt der Tat?«, fragte nun Thekla, von der anderen Seite.

»Ich fuhr nach der Arbeit sofort hierhin. Es war ein

sehr stressiger Tag. Ich habe hier auf der Coach mit der Playstation gezockt.«

»Und das kann niemand bezeugen?«, fragte nun Robert wieder.

»Nein, - das heißt doch. Larissa rief gegen zehn Uhr noch an, um über ihren Tag, zu erzählen.«

»OK«, sagte Thekla, während sie sich umdrehte und zur Türe ging, »also kein Alibi.«

Die Kommissare verließen das Haus und Larissa und Jonas schauten sich verdutzt und verständnislos an.

»Was sollte das denn jetzt?«, fragte Larissa.

»Die suchen halt einen Täter und stochern im Dunkeln, - ist halt Bullenarbeit«, zuckte Jonas mit den Schultern.

»Ich denke, so sagt mir jedenfalls mein Bauchgefühl, da sollten wir schnellstens nochmal nachhaken.« Thekla war sehr in Gedanken versunken und Robert sah, wie sie sich mal wieder ständig auf die Unterlippe biss. Sie steuerten den Wagen in Richtung Köln. Zieladresse: >Wohnstift Eigelstein<.

*

Nach der abendlichen Fallbesprechung, in der die

Erkenntnisse zusammengetragen wurden, war man sich sicher, am nächsten Tag eine vorläufige Festnahme vorzunehmen.

Peter und Sybille hatten sich noch lange mit jedem Einzelnen der Brummers und Küsters unterhalten. Eigentlich war jeder gierig auf das Geld, das ihnen laut, ihnen bekanntem, Testament, zugedacht war. Nur Frau Scholz schien keine Ahnung gehabt zu haben. Oder hatte sich der betagte, ehemalige Liebhaber, kurz vor seinem eventuell baldigem Ableben, der treuen Seele anvertraut und von dem geänderten Testament erzählt? Würde man ihr, eventuell unter Druck, diese Tat, durch ein Geständnis zurechnen können?

*

Gegen fünf Uhr in der Früh hielt der graue Mercedes 300 SL, einer der Dienstwagen der Siegburger Kriminalpolizei, vor der Türe des Tatverdächtigen, begleitet von zwei Streifenwagen der Bornheimer Polizeidienststelle. Thekla und Robert stiegen aus und baten die uniformierten Kollegen, sich am Eingang und hinter dem Haus, zu platzieren. Sie wählten den frühen Zeitpunkt, da sie sicher waren, dass alle noch zu Hause waren und sich vermutlich gerade in den Vorbereitungen befanden, sich fertig zu machen, um den Weg zur Arbeit, aufzunehmen.

Thekla klingelte an der Haustüre.

Nach kurzer Zeit ging das Licht im Flur an.

»Ja, - was gibt es?«, verschlafen schaute Larissa, nur mit einem dünnen XXL-Shirt bekleidet, aus einem Fenster im ersten Stockwerk. »Oh, - was ist denn hier los?« rief sie plötzlich, als sie die Polizeifahrzeuge vor ihrem Haus sah.

Thekla rief, nach oben schauend: »Hallo, - wir sind es nochmal. Ist Ihr Verlobter da? Wir hätten noch ein paar Fragen.«

»Um diese Uhrzeit? ich glaub ich steh im Wald.« rief Larissa und schloss  das Fenster.

Man konnte durch die Glaseinfassungen der Haustüre sehen, wie Larissa nun, mit nackten Füssen und nur mit dem dünnen Stoff bekleidet, die Treppe runterkam.

»Nun benimm Dich aber und keine anzüglichen Sprüche«, räusperte Thekla in Richtung Robert.

Die Türe wurde geöffnet.

»Was gibt es denn?  Jonas macht sich gerade im Bad fertig. Er muss gleich zum Dienst nach Köln.«

Aus den Augenwinkeln heraus sah er, wie Jonas die Treppe eilig herunterlief, um im Wohnzimmer zu verschwinden. Er drückte Larissa, die mitten in der

Türe stand zur Seite und folgte dem jungen Mann, der die Wohnzimmertüre schnell von innen verschloss.

»Er will über die Terrasse flüchten.« Robert lief zurück, an Larissa und Thekla vorbei, wobei er sie fast umgerannt hätte, in Richtung Garten. Da dort aber zwei uniformierte Beamte standen, die Jonas durch die Terrassentüre nach innen, beobachteten, gab Jonas das Vorhaben einer Flucht auf. Er setzte sich in einen Sessel und überlegte, was nun zu tun sei.

»Machen Sie sofort die Türe auf. Dies ist eine polizeiliche Maßnahme. Wir haben ansonsten das Recht, die Türe aufzubrechen.« Thekla stand mit gezogener Waffe und diese im Anschlag auf den Boden gerichtet, haltend, vor dem Wohnzimmer. Robert kam, ebenfalls mit gezogener Waffe, hinzu.

Nach etwa zwei Minuten hörten sie, wie der Schlüssel langsam umgedreht und die Türe geöffnet wurde. Während Thekla, als Eigensicherung, immer noch mit der Waffe auf den Mann zielte, drehte Robert, Larissas Verlobten, mit dem Bauch zur Wand um und legte ihm Handschellen an.

»Was ist hier los?«, schrie Larissa fast hysterisch, in den Flur.

»Wir haben gestern erfahren, dass aus dem verschlossenen Medikamentenschrank, des >Wohnstift der Grauen Panther<, in dem Sie, Herr

Jonas Breuer, arbeiten, an dem Tag, vor Herrn Brummers Tod, reines, hoch dosiertes Heroin, entwendet wurde, welches man für schwierigste Fälle dort lagerte. Im Medizinentnahmebuch, das sich in dem Schrank befand, war bei der Kontrolle keine entsprechende Entnahme eingetragen. Heroin in der gleichen Konzentration, wurde in Herrn Brummers Blut nachgewiesen. Sie haben ungehinderten Zugang zu Einwegspritzen, die im Schwesternzimmer Ihres Wohnstiftes und auch hier bei Ihnen zu Hause, herumliegen, und Sie haben ein Motiv, - nämlich das von Ihnen unwissentlich geänderten Testamentes, angenommene Erbe, auf dass Sie nicht länger warten wollten. Habgier ist, neben Eifersucht und Hass, eines der am häufigsten auftretende Mordmotiv. Und Sie waren wohl habgierig, oder?

Ohne seine Antwort abzuwarten und ohne erst Larissa zu Wort kommen zu lassen, sagte Thekla weiter:

»Herr Breuer, ich nehme Sie wegen Mordes an Herrn Leonhard Brummer fest, in der Absicht, sich an seinem Erbe durch Dritte, nämlich Ihrer Verlobten, zu bereichern.« An die Beamten der Dienststelle Bornheim gerichtet, die inzwischen im Türrahmen der Haustüre standen, fügte Sie hinzu:

»Abführen.«

Während des Abführens drehte er sich noch einmal zu Larissa um.

»Schatz, - ich wollte doch nur, dass Du ein sorgenfreies Leben führen kannst und ganz entspannt dem Examen entgegenschauen konntest. Er hätte wahrscheinlich noch zig Jahre gelebt und wir hätten noch ewig auf das Geld warten müssen.«

»Wir?«, zischte Larissa in die Richtung des Mörders, »es gibt kein wir mehr. Dich blödes Arschloch habe ich mal geliebt. Jetzt hasse ich Dich nur noch.«

»Achtung«, Robert hob den Zeigefinger, »Hass zählt auch zu den beliebten Mordmotiven.«

Grinsend ging Robert an Larissa vorbei und folgte den anderen Kollegen.

»Na, dann ...«, waren Thekla´s letzte Worte, bevor sie ebenfalls aus der Türe nach draußen trat.

Im Auto sitzend, sah sie Larissa traurig, immer noch vor dem Haus stehen und sie musste an die Worte ihres Vaters denken, als die Erzählung aus seiner Kindheit endete:

« ... Du wirst in Deinem Leben noch oft fallen, doch Du solltest immer einmal mehr aufstehen, als fallen. Dann ist alles gut.«

ENDE

Als nächstes erscheint in dieser Reihe:

**Leseprobe**

# Rheinbach

## Das Burgfräulein

Der dritte Fall von Kommissarin Thekla Sommer

© **Kersten Wächtler**

## Erstes Kapitel

Die Kühle der Nacht hatte in der Morgendämmerung leichten Tau auf den Blättern und dem Gras entstehen lassen. Die Kleidung war klamm geworden und dennoch wartete er, bereits seit vier Stunden, regungslos auf dem Hochsitz. Dr. Friedhelm Eisenhut, Apotheker aus Rheinbach, hatte dieses Jagdrevier mit seinem Studienfreund, Alois Bayer, seit sieben Jahren gepachtet. Seine Leidenschaft war es, selber gejagtes und erlegtes Wild, von seiner Frau zubereitet, zu verspeisen. Obwohl er sich sicher war, dass man nicht von Jagd sprechen kann, wenn man hinterhältig auf einem Hochsitz wartet und dann ahnungslose Tiere abknallt. Es war für ihn immer wieder eine gewisse Genugtuung, ja fast ein inneres Bedürfnis, Leben zu nehmen.

»Langsam wird es mir aber zu bunt«, dachte er, als er auf die Uhr schaute. Es war Samstagmorgen und er musste mittags in seiner Apotheke sein, um den Notdienst zu übernehmen.

Da, - gerade als die Morgendämmerung über der Lichtung hereinbrach, traute sich der Hirsch aus dem schützenden Dickicht heraus. Angespannt und extrem vorsichtig, betrat er die kühlende Grasfläche, die mit niedrig wachsendem Gestrüpp umrandet war. Das frisch gewachsene Gras reizte seinen Hunger, dass er es wagte, den Wald zu verlassen. Genüsslich rupfte er die frischen Grashalme.

Dr. Eisenhut sah ihn. Ehrfurcht überkam den erfahrenen Jäger. Seit mehreren Jahren bereits war er auf der Pirsch nach diesem Tier. Ein Sechzehnender, - das erhabenste Tier in dem gesamten Forstgebiet. Nun endlich schien er am Ziel seiner Träume. Dieser Schuss würde ihm, in den Kreisen seiner Jagdgesellen, einen enormen Respekt verschaffen. Er wagte es kaum zu atmen, als er seine doppelläufige Flinte, eine Beretta 690 Field III, hochhob. Auch wagte er es nicht, sich zu bewegen, um auf dem Hochsitz eine bessere Schussposition einnehmen zu können. Der Hirsch würde jedes noch so kleine Geräusch wahrnehmen und sich zurückziehen. Ganz langsam, sich in hockender Stellung befindend, legte er den Gewehrschaft an die Schulter. Er befand sich immer noch in hockender Haltung, aber ein Erheben aus dieser unbequemen Haltung, war ihm zu riskant. Wann würde ihm dieses Glück, wie er es empfand, wieder begegnen? Er zielte durch sein Nachtsichtfernrohr. Da stand er, - in voller Herrlichkeit, mitten im Fadenkreuz des Todes.

Eisenhut atmete nicht mehr. Er dachte nur noch an die Sekunde, die ihm ein Kribbeln im Körper verursachen würde.

In gebückter Haltung kippte er nach vorne durch den Einstieg des Hochsitzes, nach unten. Noch bevor er den Waldboden erreichte, war er  tot. Der Hirsch hingegen, aufgeschreckt, wieder im Dickicht verschwunden.

Der Pfeil einer Armbrust hatte ein Leben ausgelöscht. Anders als Dr. Friedhelm Eisenhut es vorgesehen hatte, war es nicht das, des Sechzehnenders.

\*

Sie saßen im Siegburger Kaffeehaus, in der Holzgasse, dem Teil der Fußgängerzone, der vom Marktplatz aus kommend, in der Zeithstrasse endet. Hier hatten sie es sich gegen zehn Uhr, unter den bereits aufgespannten Marquisen, gemütlich gemacht. Noch vor ein paar Jahren, saßen Kommissarin Thekla Sommer und ihr Sohn David, öfter hier, um gemeinsam zu frühstücken, bevor er es mit sechzehn Jahren, vorzog, bei seinem Vater in Siegburg-Kaldauen zu wohnen. Hier war nämlich die räumliche Nähe zu seiner ersten großen Liebe, Jana Kaminski gegeben, der Tochter von Doris Kaminski, der neuen Freundin von Davids Vater, die in der gleichen Straße wohnte wie er. Wegen Doris Kaminski verließ Davids Vater, Thekla vor einiger Zeit. Thekla meinte, die neue hätte mehr >Holz vor der Hütte<, als sie und dass sei der einzige Trennungsgrund.

Nun saß Thekla mit ihrem Kollegen Robert Hanf hier. Sie hatte seinem monatelangen Umwerben, heute nachgeben wollen und meinte, ein gemütliches Frühstück, hier an diesem Platz, sei die richtige Situation, den ersten Kuss zu forcieren. Nachdem sie beide nach einem Abend mit herrlichem Rotwein und dem Verzehr einer vollen Dose Hasch-Kekse, die David in seinem Kleiderschrank versteckt hatte, morgens, völlig vernebelt und nackt, in Thekla´s Bett aufgewacht waren. Zuerst hatte sie ihm eine riesige Szene gemacht, er hätte die Situation ausgenutzt, vielleicht sogar selber eingefädelt. Nachdem aber festgestellt wurde, dass beide zu bekifft waren, als dass etwas hätte geschehen können, hatten sie sich beide amüsiert über David gewundert. Seitdem war kaum ein Tag vergangen, an dem Robert nicht mit Komplimenten geizte und auch außerhalb des Dienstes, Thekla´s Nähe suchte. Dieses werben war Thekla natürlich nicht entgangen und nachdem sie mit Sylvia, ihrer besten Freundin, schon seit ABI-Zeiten, darüber gesprochen hatte, meinte diese:

»Ihr seid doch beide schon mehrere Jahre alleine. Gerade wegen Eurem beruflichen Engagement, scheitern oft die Beziehungen. Wenn er Dir schmeichelt und seine Augen, vielleicht auch die Hände, nicht von Dir lassen kann? - dann versucht´s doch miteinander. Aus beruflichen Gründen kann die Sache jedenfalls nicht zum Scheitern verurteilt sein.«

Darüber hatte Thekla natürlich nachgedacht und ihr intuitives, immer richtig liegendes, Bauchgefühl befragt und war zu dem Entschluss gekommen es mit Robert zu versuchen, Er machte als Mann was her und beide waren sich sympathisch. Warum es mit einer ernsteren Beziehung also nicht versuchen?

Als ihre >Kaffeehaus Frühstücke< von der freundlichen Serviererin gebracht wurden, wurde noch der Nebentisch hinzugestellt. Es wurde sehr reichhaltig aufgedeckt. Neben zwei prallvoll bestückten Brötchenkörben brachte sie zwei Platten mit Wurst und Käse, verschiedene Konfitüren, Frischkäse, Orangensaft und zwei große Becher dampfendem Kaffee. Jetzt wollten es sich die Beiden so richtig schmecken lassen. Nachdem das erste Brötchen verspeist war und beide überlegten, was als nächstes dran war, klingelte Thekla´s Telefon.

Robert wollte in ihrem Gesicht lesen. Erst war es ein erschrecktes Gesicht, dann ein trauriges und schließlich ein enttäuschtes. Als sie dann auch noch sagte, »Ja, der sitzt hier neben mir«, war auch er enttäuscht. Es musste wohl Fred Bollenkamp, ihr Vorgesetzter sein. Thekla drückte die rote Taste ihres neuen Smartphones.

»So ein Mist, ich hatte mir das alles so schön vorgestellt und wollte Dich überraschen, aber jetzt, - komm wir schmieren uns schnell noch ein paar Brötchen für unterwegs und lassen uns eine Tüte geben. Wir haben einen Toten in Meckenheim. Das ist wohl nahe der Grenze zu Rheinland-Pfalz, aber noch in unserem Kreisgebiet. Also los, - lass uns beeilen.«

Die Bedienung kam heraus und Robert fragte nach zwei Papiertüten für die, jetzt belegten Brötchen. Die freundliche Kellnerin brachte augenblicklich die Tüten und zwei Pappbecher für den Kaffee. Robert zahlte schnell, er hatte sowieso vor, Thekla einzuladen. Er packte Geldbörse und sein Handy ein und eilte Thekla, die schon in Richtung ihres Twingo´s unterwegs war, hinterher. Außer Puste holte er sie ein.

»Ein Toter kann doch nicht mehr weglaufen«, meinte er, als er eingestiegen war.

Doch Thekla hörte ihn gar nicht. Sie war schon wieder in ihrer vollen polizeilichen Aktivität. Schon von Beginn eines Falles an, schien ihr Gehirn programmiert auf konzentrierte Ablaufplanung. Dafür liebte er sie. Er erschrak, als er diesen Gedanken dachte. »Dafür liebe ich sie?«. Er schaute sie von der Seite an. Ja, - es war nicht nur ihre sehr schlanke und vollkommen durchtrainierte Figur, die sie dreimal wöchentlich beim Laufen, um die am Michaelsberg angelegten Wanderwege, trainierte und stählte. Er mochte auch ihren klaren Gedankengang bei privaten aber vor allem auch beruflichen Vorkommnissen. Ja, - er könnte sich an den soeben gedachten Gedanken gewöhnen. Irgendwann in nächster Zeit, so überlegte er, wolle er ihr das sagen.

Nach einer Weile sagte sie, »Nein, - nicht weglaufen, - aber die Spuren können verwischt oder verfälscht werden. Ich will vor der Spurensicherung da sein.«

Also hatte sie ihn doch verstanden!

»Was ist denn überhaupt passiert? Ich weiß nur von einem Toten im Kottenforst, am Rande von Meckenheim.«

»Da hat wohl heute Morgen ein Spaziergänger, der mit seiner Deutschen Dogge Gassi ging, einen Toten Jäger auf einem Hochsitz gefunden. Der Pfeil einer Armbrust in seiner Brust. Er selber hatte aber eine >Beretta 690 Field III< bei sich.«

»Die doppelläufige Jagdflinte?«, fragte Robert, stolz

darauf etwas zu wissen, wovon sie bestimmt noch nichts gehört hatte.

Erstaunt schaute sie ihn, kurz von der Straße weg, an »Du kennst die Waffe? fragte sie.

Etwas überheblich meinte er, »wer sich mit Waffen auskennt, der kennt sich auch mit Jagdgewehren aus.«

Da Thekla jedoch einen Anflug von grinsender Arroganz um seine Mundwinkel wahrnahm, lachte sie lauthals los. Auch Robert konnte sich nicht halten und lachte mit. Die Brötchen waren fast verzehrt, als sie in Meckenheim-Merl die Autobahn 565, von Bonn kommend, verließen und  nach links, in den Kottenforst abbogen. Hier konnten sie wunderbar an dem ersten großen Wanderparkplatz parken. Kollegen der Schutzpolizei zeigten ihnen den Weg zum nahegelegenen Hochsitz.

»Wer ist der Tote?«, fragte Thekla die beiden Beamten, die neben der Leiche standen. Der Mann lag mit weit aufgerissenen Augen da, den Pfeil einer Armbrust, kurz unterhalb des Halses, in der Brust stecken. Sein Gewehr hielt er noch mit beiden Händen umklammert.

»War wohl ein Sekundentod, er hat ja noch beide Hände an seiner Waffe«, stellte Thekla fest, noch bevor der Kollege antworten konnte.

»Ja, - sieht so aus, - also, das ist Dr. Friedhelm

Eisenhut, er hat in Rheinbach eine große Apotheke, wohnhaft in Rheinach-Oberdrees, Fasanenstraße 13c. Hier sein Ausweis, - war im Portemonnaie.« Der Beamte überreichte Robert die Papiere des Opfers.

»Wer hat ihn gefunden?«, wollte Robert wissen.


»Da drüben, die Frau mit dem Hund. Waren wohl hier mit dem Hund unterwegs. Der Parkplatz und der Wald lädt viele hier aus Meckenheim zum Hundeauslauf ein«.

Thekla nickte dem Beamten zu, drehte sich um und ging auf die Hundebesitzerin zu. In dem Moment fuhr ein weiterer Wagen, ziemlich schnell, zu schnell wie Thekla meinte, auf den mit Dreck und Steinen versehenen Parkplatz, in einer Staubwolke zum stehen. Peter Ludwig, Sybille Salz und Lisa Drollig, eine Kommissar Anwärterin, die Thekla´s Team zugeteilt worden war, stiegen aus dem Auto aus. Die >Neue< war natürlich gefahren und wollte sich mal wieder, übereifrig, einsatzfreudig positionieren.

»Gut, dass Ihr da seid«. Thekla brachte die Kollegen schnell auf den Stand der Dinge. Dann sagte sie, »übernehmt Ihr bitte die Befragung und wartet auf die Spurensicherung. Wir zwei fahren zu der Ehefrau des Toten. Vielleicht ergeben sich ja schon erste Hinweise.«

Diesmal fuhr Thekla mit durchdrehenden Reifen vom Parkplatz und hinterließ eine riesige Staubwolke. Erschrocken schaute Lisa Drollig hinterher.

Bisher erschienen in dieser Reihe:

**Leseprobe:**

# Rhein-Sieg-Kreis Krimi

## *Tatort: Siegburg*

*Die Wasserleiche*

Der erste Fall von Kommissarin Thekla Sommer

© **Kersten Wächtler**

Bibliografische Information der Deutschen Nationalbibliothek:

Die Deutsche Nationalbibliothek verzeichnet diese Publikation in

der Deutschen Nationalbibliografie; detaillierte Daten sind im Internet

über

http://dnb.dnb.de

abrufbar

1. Auflage

Herstellung und Verlag: BoD – Books on Demand, Norderstedt

ISBN: 9 783 743 176126

## Erstes Kapitel

»In jedem Kapitel des vorgelesenen Buches bin ich zunehmend mental gewachsen. Jedes noch so kleine Ereignis hat mich erkennen und lernen lassen und mit jedem abgeschlossenen Kapitel dieses Buches, glaube ich, einen regelrechten Schub gemacht zu haben, dahingehend, bereit zu sein, um Weiteres, Elementares aufzunehmen, zu verarbeiten, zu erkennen und zu lernen.

Bei jedem Kapitelabschluss hat sich Grundlegendes verändert und meine Sichtweise ist, wahrscheinlich gelenkt durch eine Übermacht, ich nenne sie Gott, jeweils geschärfter gewesen, um meine eigene Sichtweise auf mein ureigenes Dasein, nämlich MEIN Leben, zu erkennen und weiter zu entwickeln. Meine Erkenntnis, auch für die Zukunft ist, keiner hört auf zu lernen, im Kleinen, im Großen, wahrscheinlich sogar bis zur Unendlichkeit.

Ist es rückblickend nicht so, dass jeder Schritt, jedes Ereignis und jede Episode uns ein Stück, einen Wimpernschlag näher dahin bringen soll, was uns erschaffen hat und dem wir in Wirklichkeit, im

Verborgenen, gleichsein wollen? Aus jedem noch so winzigem Moment, jedem Abwägen von wichtig oder vergessen, jeder Entscheidung, ob nun positiv oder negativ verlaufend, wird uns Menschen der Weg des Lernens geebnet. Lernen und uns der Wirklichkeit näher kommen lassen, zum Schöpfer der Herrlichkeit, des Seins und der Zeit.

Ob nun Gott, Allah, Shiva oder Buddha, es ist der Schöpfer, der uns lernen, erkennen, wachsen und weise werden lässt. Er schenkt uns den freien Willen, uns in der jeweiligen Situation weiter zu entwickeln oder auch nicht.

Eins ist aber sicher gewiss, Aufgaben werden uns in unterschiedlichster Form wieder begegnen, bis sie verarbeitet, also gelöst werden. Dann sind wir bereit für die nächste Aufgabe, für die nächste Erkenntnis und für den nächsten Schritt zur wahren Wirklichkeit«.

Mit diesen Worten schloss der Autor >André Guter< die Lesung aus seinem zuletzt veröffentlichten Buch >Ein liebevolles Geschenk<. Die Zuhörer der Lesung im Kreishaus, der Stadt Siegburg - einem aus mehreren Flügeln bestehenden Betonhochhauses, das komplett mit Glas verspiegelt ist - klatschten Beifall. Man hatte Herrn Guter die Gelegenheit gegeben, einen Termin zu einer Literaturlesung wahrzunehmen. Alle vierzehn Tage konnten sich, im Rhein-Sieg-Kreis, ansässige, Autoren, im Kreishaus einen Termin reservieren. Hier konnten sie ihr neuestes Werk, der Öffentlichkeit in einer Lesung und anschließenden, lockeren Gesprächen, vorstellen.

Auch diesmal wieder, wurde sehr angeregt über das Werk und die Ansichten des Autors diskutiert.

Keiner ahnte, dass bereits einige Tage später nur zwanzig Meter hinter dem Kreishaus ein Tötungsdelikt stattfinden würde. Dann würde die >höhere Instanz<, die André Guter beschrieben hatte, eine Seele in ihr Reich aufnehmen.

»Hände hoch, Polizei«

Die Anwesenden im Gruppenübungsraum der Polizeidienststelle Siegburg drehten sich erschrocken um.

Bisher war man von der smarten Kriminalkommissarin solch harschen Ton nicht gewohnt.

»Ganz langsam umdrehen, und ich will die Hände oben sehen«

Thekla Sommer gefiel die Aufmerksamkeit, die ihr nun in dem lichtdurchfluteten Raum, zuteil wurde.

Es war nur die monatlich stattfindende Übung zur Festnahme Straffälliger, doch Thekla wusste, dass ihre kräftige Stimme mit Nachdruck und einer gewissen Lautstärke, ihr Respekt einbrachte.

Seit sie im Polizeidienst war, war ihr Recht und Ordnung immer wichtig. Nun, - da sie ins Kommissariat nach Siegburg gewechselt war, verschaffte sie sich, trotz ihrer grazilen Erscheinung, zunehmend Respekt bei ihren männlichen Kollegen.

»Ach, die Sommer mal wieder« scherzte Robert Hanf, ihr Kollege, der die burschikose Art von Thekla nicht mochte.

»Ja, genau die« antwortete Thekla in normaler Lautstärke. »Die Spinne im Dunkel, wie Du immer sagst, aber die Spinne im Dunkeln siehst Du nicht, - und sie kann deshalb immer unerwartet zubeißen«.

Alle lachten.

Eins zu null für Thekla.


Hier saß er nun. In seinem frisch renovierten Zimmer, in dem die noch nicht ausgepackten Kartons in der Ecke standen. Er sollte es sich, wie ein Jugendzimmer einrichten. Wie richtet man sich mit vierzehn Jahren ein Jugendzimmer ein? Kopfschüttelnd saß er auf seinem neuen Holzbett, das er vor einigen Tagen mit seiner Mutter im IKEA, in Köln-Godorf, gekauft hatte. Er blätterte gedankenversunken in dem neuesten Comic von >Clever und Smart<.

Er murmelte vor sich her:

»David, - wie konnten mich meine Eltern nur David nennen? So heißt heute kein Mensch mehr. Und wieso haben sie nicht geheiratet? So hab ich nicht den Nachnamen meines Vaters, sondern heiße so wie meine Mutter«.

Gedankenversunken schaute er zur Wanduhr und dann auf seine Armbanduhr. Eigentlich wollte seine

Mutter heute früher nach Hause kommen. Sie wollten gemeinsam beim neuen Italiener am Markt etwas essen gehen. Zähneknirschend murmelte er weiter:

»Und nicht nur David, sondern auch noch Sommer. Was für ein Name? David Sommer«. Er meinte, >David Lay< klingt besser, als >David Sommer<.

David presste schmunzelnd und kopfnickend die Lippen zusammen. Davids Vater, Bernd Lay, war selbständiger Malermeister. Er hatte die neue Wohnung von Thekla und David vor kurzem noch komplett renoviert. Das war sozusagen die >letzte gute Tat<, am Ende der fünfzehnjährigen eheähnlichen Gemeinschaft. Die Diskrepanzen waren zu groß geworden und durch das starke Engagement seiner Frau, nach dem Wechsel zur Kripo, sowie den unregelmäßigen Arbeitszeiten, auch nachts, kam er irgendwie nicht mehr klar. Er lernte durch seinen Beruf eine Kundin näher kennen, die ihm erfolgreich schöne Augen machte. Dies führte dann zu einem handfesten Krach, der darin endete, dass sie sich trennten.

Die neuen fünf Zimmer ihrer Wohnung waren in einem kleinen Einfamilienhaus im Siegburger Ortsteil Stallberg. Im Erdgeschoss zwei Zimmer, Küche und Gäste-WC, - im oberen Stockwerk drei Zimmer und

Badezimmer. Alles in allem recht großzügig geschnitten und für die Beiden groß genug. Hinzu kam noch ein Gartenbereich, der mit seinem Fischteich und großer Liegewiese zu gemütlichen Grillabenden mit Freunden einzuladen schien.

Von hier aus war es nicht weit zur Dienststelle auf der Frankfurter Straße. Hier war auch die Nähe zu Davids Schule, auf der Zeithstraße, gegeben. Deshalb hatte sich Thekla bei dem Besichtigungstermin für dieses Objekt recht schnell entschlossen.

David hörte den Schlüssel im Schloss der Haustüre nicht, jedoch das Zufallen der Türe im Erdgeschoss.

»David«? hörte er seine Mutter rufen, »David, mein Schatz, tut mir echt leid, dass es etwas später geworden ist, aber der Bollenkamp hatte mal wieder eine kurzfristige Besprechung zur Gefahrenlage einberufen«. Kriminalhauptkommissar Fred Bollenkamp war ihr vorgesetzter Abteilungsleiter und bekannt für seine überdurchschnittlich hohe Aufklärungsrate im Rhein-Sieg-Kreis. Zu seiner hohen Aufklärungsquote trug sicherlich seine akribische und vorbildliche Arbeitsweise, aber auch seine immer wieder kurzfristig anberaumten Teambesprechungen, bei.

»Ja, ja, ist ja schon gut. Können wir dann? Ich hab

mächtig Hunger«

»Ich zieh mich nur schnell um« rief Thekla, als sie die Treppe in ihr Schlafzimmer hochlief.

»Nun schrei doch nicht so rum«. David kam aus seinem Zimmer, das neben Thekla's Schlafzimmer war.

Thekla ging schnell ins Badezimmer um sich frisch zu machen. Danach schlüpfte sie in die neue Jeans und das Sweatshirt, was Bernd ihr zum letzten Geburtstag geschenkt hatte. »Sentimental«? fragte David, mit leicht ironischem Unterton.

»Ach Quatsch, einfach nur saubequem« entgegnete seine Mutter. Sie trug in ihrer Freizeit allzu gerne weite, schlabberige Kleidung. Hierin hatte sie Platz genug um sich bequem zu bewegen und gerade beim Essen, nicht den Bauch einziehen zu müssen. Thekla wog bei einer Größe von 1.68 Meter gerade mal 61 Kg, hatte aber immer das Gefühl, bei ihrer schmalen Oberweite käme ihr eigentlich recht flacher Bauch, zu schnell zur Geltung. Auf der anderen Seite wollte sie aber auch ihre Oberweite kaschieren, da sie der Meinung war, Bernd hätte bei der Neuen die „Körbchengröße D< so sehr fasziniert. Sie hatte doch noch sehr an der Trennung zu knabbern. Hoffentlich hörte der Verarbeitungsprozess bald auf.

Sie fuhren die Zeithstraße entlang und parkten auf dem großen Parkplatz hinter dem Kaufhof. Von hier war man sofort in der Fußgängerzone und somit auch direkt am Marktplatz. Es war neunzehn Uhr als sie das Restaurant betraten.

»Ganz schön was los« meinte Thekla zu David gewandt.

Dieser allerdings ging strammen Schrittes zu einem der wenigen freien Tischen in der Ecke.

»So ein Mist« sagte er und hielt das >Reserviert< Schild hoch. Er hatte mächtig Hunger.

Thekla schaute sich in dem Restaurant um. Ein Kellner mit weißem Hemd, schwarzer Hose, schwarzer Schürze, schwarzen, gegeelten Haaren und breitem Grinsen, kam auf die Beiden zu.

»Prego Señora, - nehmen sie bitte Platz. Der Tisch ist erst für zwanzig Uhr dreißig vorbestellt. Sie haben noch genug Zeit zum Essen und genießen«.

»Schleimer«, murmelte David, als er bereits kurze Zeit später die Speisekarte studierte.

»Wie bitte«, fragte Thekla nach. Sie schaute teils belustigt, teils entsetzt zu David.

»Schleimer«, wiederholte David, als der Kellner fort war

»Der ist doch nur auf ein gutes Trinkgeld aus. Wenn der wüsste, dass Du bei den Bullen bist, hätte er nicht so um Dich herum getänzelt. Wetten«?

Thekla bestellte, während der Kellner, immer noch

grinsend, die Kerze auf dem Tisch anzündete:

»Einmal Insalata Verde und danach einmal Vitello Tonnato«.

Das hatte sie im vorletzten Urlaub in Piemont gegessen, dem nordwestlichen Teil der italienischen Alpen, nicht weit vom Mittelmeer, dessen bekannteste Region der Lago Maggiore ist. Dünn geschnittene, rosa gegarte Kalbfleischscheiben werden mit einer Thunfischsauce serviert, welche die säuerliche Frische von Zitronen mit der Würze von Kapern und Thunfisch vereint. Abgerundet mit gehobeltem Parmesan und frischen gewürfelten Tomaten.

»Dazu ein kleines alkoholfreies Bier«.

Ein Hochgenuss, wie sie meinte.

David bestellte:

»Pizza Salami mit extra Käserand und eine Cola«.

## Zweites Kapitel

Es regnete ein wenig, als Daniel die Disco in dieser Nacht verließ. War es der Alkohol, der ihn so wirr im Kopf sein ließ oder die verqualmte Luft des Raucherbereiches in der Disco, in der er sich in den letzten dreißig Minuten aufhielt? Langsam und torkelnd ging er entlang des Mühlenbaches, am Fuße des Michaelsberg. Vor seinen Augen drehte es sich und ihm war kotzübel. War es wirklich der Alkohol, schoss es ihm durch den Kopf, oder hatte jemand aus seiner Jackentasche das Fläschchen mit den KO-Tropfen genommen und diesmal ihm damit eins ausgewischt?

Zweimal bereits hatte er es bei hübschen Mädchen ausprobiert. Beim ersten Mal hatte sich die kleine Brünette mitten auf der Tanzfläche übergeben und sich somit ganz fürchterlich blamiert. Wahrscheinlich hatte er zu wenig von dem Zeug in ihren Drink gemixt. Dann aber, beim zweiten Mal war die Wirkung, wie er es sich gewünscht hatte. Diana ging vor etwa sechs Wochen wirklich wie in Trance mit ihm aus der Disco, zum nahegelegenen Parkplatz. Sie stieg bereitwillig in seinen Wagen, wo er sich auf brutale Weise an ihr verging.

*Über den Autor:*

*Geboren 1958, in der Zeit des Wirtschaftswunder, verbrachte er seine Kindheit, mit zwei Schwestern und zwei Halbbrüdern, in Siegburg und dem ländlichen Windeck. Geprägt von dem idyllischen Umfeld, fühlte er sich in der Stadt nie so recht wohl und er suchte sein soziales Umfeld meist in ländlichen Regionen, wie Rheinbach, Meckenheim, Bornheim oder Herchen/Sieg.*

*Bereits im jungen Erwachsenenalter fing er an, seine Gedanken schweifen zu lassen und niederzuschreiben. Am Anfang war es mal ein Kinderbuch oder philosophische Zeilen. Als zertifizierter Psychologischer Berater folgte ein psychologisch/spirituelles Werk. Seit einiger Zeit entspringen Krimis (aus dem Rhein-Sieg-Kreis) seinen Gedanken und dem Werk seiner Phantasie. Hier legt er aber besonderen Wert auf umfangreiche , historische Recherche hinsichtlich der Schauplätze seiner Handlungen.*